Traumflug

Peter Carey

TRAUMFLUG

Fantastische Geschichten

Aus dem Englischen
von Nikolaus Stingl

Rainer Wunderlich Verlag Hermann Leins

CIP-Kurztitelaufnahme der Deutschen Bibliothek

Carey, Peter:
Traumflug: fantast. Geschichten / Peter Carey.
Aus d. Engl. von Nikolaus Stingl. – 1. dt. Ausg.
– Tübingen: Wunderlich, 1982.
Einheitssacht.: The fat man in history ⟨dt.⟩
ISBN 3-8052-0355-1

ISBN 3 8052 0355 1

Erste deutsche Ausgabe 1982
© 1974 University of Queensland Press. Die Originalausgabe erschien 1974 in
der University of Queensland Press, St Lucia, Queensland, unter dem Titel »The
Fat Man in History«. Alle Rechte für die deutsche Sprache beim Rainer Wunderlich Verlag Hermann Leins GmbH & Co., Tübingen. Printed in Germany. Satz von
Bauer & Bökeler, Denkendorf. Druck und Bindung von Spiegel Buch, Ulm.

Inhalt

Filzlaus   9
Häutung   34
Sie erwacht   53
Leben und Tod in Halle Süd   56
Zimmer 5 (Escribo)   66
Traumflug   86
Eine Windmühle im Westen   92
Entzug   112
Bericht über die Schattenindustrie   151
Die Rettung der Einhörner   157
Amerikanische Träume   168
Die dicken Männer und ihr Platz in der
Geschichte   190

Filzlaus

Filzlaus ist in allem, was er tut, sehr pingelig. Seine Bewegungen wirken beinahe geziert, aber in seiner schmächtigen Figur steckt so viel Mumm, daß sie eigentlich überhaupt nicht geziert sind. Seit kurzem hat er sich aufs Essen verlegt. Wenn Frank ein Steak ißt, ißt Filzlaus zwei. Wenn Frank einen Pint Milch trinkt, trinkt Filzlaus zwei. Oft liegt er auf seinem Bett und stöhnt wegen des Essens. Aber er setzt an. Nachts läuft er fünf Meilen nach Clayton. Jedesmal hat er vor zurückzulaufen, aber jedesmal landet er im Zug, erhitzt und schwitzend und am Sitz klebend. Er hat sich vorgenommen, zuzunehmen und einen Fahrerjob bei der Allied Panel & Towing zu kriegen. Er hat schon seinen Führerschein, aber er ist zu klein, nicht hart genug, um bei einem Unfall die Konkurrenz abzuhängen.

Frank fährt Nachtschicht. Er sagt Filzlaus, er soll woanders einsteigen, nicht in die Abschleppbranche, aber Filzlaus hat sein Herz nun mal an die Abschleppwagen gehängt. In Gedanken sieht er sich, wie er mit achtzig Meilen pro Stunde und blitzendem Warnlicht dahinfährt, als erster am Unfallort ankommt, den Job kriegt und von dem Burschen vom 3-UZ-Nachtprogramm interviewt wird.

Im Moment wiegt Filzlaus acht Stone und vier Pfund, aber er nimmt ständig zu.

Man nennt ihn Filzlaus, weil er letztes Jahr mal behauptet hat, er hätte Filzläuse, aber jeder hat gewußt, daß er Scheiß geredet hat. Und dann hat Frank Trev erzählt, daß Filzlaus noch Jungfrau ist, und so haben sie ihn Filzlaus genannt. Inzwischen macht es ihm nicht mehr so viel aus. Inzwischen ist er nicht mehr Jungfrau, und er fühlt sich mit dem Namen etwas wohler. Er verleiht ihm eine gewisse Individualität, Persönlichkeit, so sieht er es.

Filzlaus sieht sehr klein aus hinter dem Steuer des 1956er Dodge. Er sitzt auf zwei Kissen, damit er richtig sehen kann. Carmen sitzt dicht neben ihm, etwas kleiner, wegen der Kissen, und sie sind umgeben vom weiten leeren Raum des Autos – überall spannt sich Leopardenfell, straff und schön.

Die Nacht ist mild, erfüllt von den roten Schluß- lichtern anderer Autos, huschenden Scheinwerfern, flackernden Neonschildern. Filzlaus fährt schnell, hält die Nadel auf der 70-Meilen-Marke, schwit- zend vor Angst und Erregung, während er in den Verkehrsstrom hinein- und wieder hinausstößt. Er hält die kleinen dunklen Augen auf den Rückspie- gel gerichtet, hofft halb auf die zuckenden Blau- lichter, die das Auftauchen der Bullen ankündigen. Vielleicht wird er dann beschleunigen, vielleicht wird er auch rechts 'ran fahren. Er weiß es nicht, aber er träumt von jenem süßen Augenblick, wenn er seinen Fuß aufsetzt und die geballte Kraft seines aufgemotzten Dodge zu röhrendem Leben erwacht und er die Bullen hinter sich läßt. In den Zeitungen wird stehen: »Ein amerikanisches Auto älterer Bauart entkam der Polizei mit einer Geschwindigkeit von 100 Meilen pro Stunde.«

Carmen neben ihm ist still. Sie benutzt ständig den Zigarettenanzünder, weil ihr das Spaß macht. Sie glaubt, daß er sie nicht sieht, wie sie ihre Zigaretten nach ein paar Zügen wegwirft, damit sie den Zigarettenanzünder wieder benutzen kann. Der Zigarettenanzünder und die Leopardenfellpolsterung geben ihr ein tolles Gefühl.

Wegen der Leopardenfellpolsterung fahren sie heute abend auch zu einem Drive-in. Weil Carmen ihm ins Ohr geflüstert hat, daß sie es gern auf der Leopardenfellpolsterung machen würde. Es war angenehm, wie die kleinen, heißen Worte an sein Ohr flogen. Sie wurde rot, als er sie ansah. Das gefiel ihm.

Er hat Frank nichts von dem Leopardenfell erzählt. Er war der Meinung, daß es nicht gut wäre, wenn Frank wüßte, wie Carmen darüber denkt. Frank haßt das Leopardenfell sowieso. Normalerweise hat er es mit ein paar alten grauen Decken zugedeckt. Er hat Frank auch nichts von dem Drive-in erzählt, wegen der Karboys.

Die Karboys sind allmählich aufgekommen und immer berüchtigter geworden, je schlechter die

Zeiten geworden sind. Mit jedem Streik scheinen es mehr zu werden. Und jetzt, wo die Importe eingeschränkt sind und die meisten Autofabriken zugemacht haben, sind sie noch schlimmer geworden. Vor einem Jahr hat man nur dann Angst haben müssen, wenn einem das Auto auf dem Highway oder in einer verrufenen Vorstadt liegengeblieben ist. Dann sind sie gekommen und haben einem das Auto ausgeschlachtet und einen stehenlassen mit nichts als den abgenagten Knochen. Inzwischen ist es anders. Wenn man ein gebrauchtes Ersatzteil kauft (und versuch mal, einen *neuen* Vergaser für, sagen wir mal, einen 1956er Dodge zu kriegen), dann kommt es garantiert von der einen oder anderen Karboy-Bande, und wer sagt einem, daß sie das arme Schwein nicht umgebracht haben, dem der Dodge gehört hat, von dem es stammt. Jedesmal, wenn Frank ein Ersatzteil kauft, bekreuzigt er sich. Für Frank ist es ein Riesenjux, sich zu bekreuzigen. Für Filzlaus auch. Sie machen beide eine große Sache daraus, sich zu bekreuzigen. Zwischen ihnen ist es ein Witz. Carmen kapiert ihn nicht, aber sie war sowieso nie katholisch.

Offiziell heißt es, man soll den Karboys keinen Widerstand leisten, ihnen sein ganzes Auto geben, wenn es sein muß, aber es gibt keinen, der sein Auto so ohne weiteres hergibt. Also tragen viele Fahrer Waffen, meistens abgesägte 22er. Und wenn man nur ein bißchen Grips hat, dann läßt man seine Türen abgeschlossen und die Scheiben hochgedreht, und man hält sein Auto tadellos in Schuß, damit man nicht irgendwo liegenbleibt. Die Versicherungen haben die Klauseln über Krieg und bürgerkriegsähnliche Unruhen geändert, um sich abzusichern, also paßt man gut auf sein Auto auf, denn wenn man es einmal losgeworden ist, kriegt man nie mehr ein anderes.

Und man geht nicht in Drive-ins. Drive-ins sind übel. Da legen sie ab und zu einen um. Die Bullen sind da, aber sie nützen nicht viel. Letzte Woche hat ein Bulle einen anderen Bullen erschossen, der gerade dabei war, eine Stoßstange abzustauben. Er hat gedacht, der Bulle sei ein Karboy, dabei hat der bloß sein Gehalt aufgebessert.

Filzlaus hat Frank also nicht erzählt, was er heute abend macht. Und er hat ein paar von Franks Verteidigungswaffen aus dem Lastwagen geholt. Nämlich eine geschliffene Fahrradkette und einen schweren Schraubenschlüssel. Er hat sie unter dem Vordersitz und hofft halb, daß es ein bißchen Zoff gibt. Er fürchtet sich, aber er hofft es. Carmen hat nichts von den Karboys gesagt, und Filzlaus fragt sich, ob sie überhaupt über sie Bescheid weiß. Sie weiß über so vieles nicht Bescheid. Den ganzen Tag liest sie Zeitung, aber sie behält nie etwas. Er fragt sich, an was sie denkt, wenn sie liest.

Im Drive-in sind mehr Autos, als er erwartet hat, und er fährt herum, bis er das Bullenauto findet. Er hat vor, in der Nähe zu parken, einfach um sicherzugehen. Aber Carmen ist sehr fickrig wegen der Polizei, weil sie gerade erst sechzehn ist und ihre Mutter noch auf sie aufpaßt, und sie läßt Filzlaus irgendwo anders parken. Im grellen Licht sieht ihr kleines Gesicht bleich und verschüchtert aus. Filzlaus findet also ein abgelegenes Plätzchen hinten in der rückwärtigen Ecke und kämmt sein dichtes schwarzes Haar mit einem Schildpattkamm, während er darauf wartet, daß die Lichter ausgehen. Carmen bringt die Decken über den Fenstern an. Frank hat das alles ausgetüftelt, damals, als er noch in Drive-ins fuhr. Oben an den Fenstern sind lauter kleine Haken, so daß man sie mit Handtüchern oder Decken zuhängen kann. Frank ist erfinderisch. In den alten Tagen hat er auch immer alle inneren Türgriffe abgeschraubt, bloß für den Fall, daß seine Freundinnen abhauen wollten.

Sie klappen die Liegesitze herunter, und Carmen löst ihr langes rotes Haar. Sie hat es nur deshalb hochgesteckt, weil Filzlaus gesagt hat, wie er es mag, wenn sie es löst. Er sitzt wie ein kleiner italienischer Buddha auf dem Rücksitz und schaut ihr zu, schaut zu, wie ihr Haar fällt.

Sie sagt, du bist nett, weißt du, sehr nett.

Als sie das sagt, weiß er nicht, was er davon halten soll. Sie meint, daß er beinahe niedlich ist. Sie sagt, du bist irgendwie . . . sie will sagen »graziös«, tut es aber nicht.

Filzlaus sagt, halt's Maul, und beginnt an den Schnallen seiner Motorradstiefel herumzufummeln.

Filzlaus hat nie ein Motorrad gehabt, aber er hat die Stiefel Frank abgekauft, der mal in einer Nacht gefahren ist, als ein Motorrad Bruch machte. Er hat sie für ein Päckchen Glimmstengel vom Fahrer des Krankenwagens bekommen. Filzlaus hat sie für drei Päckchen Marlboro gekauft. Es war ein bißchen Blut dran, aber er hat es mit schwarzer Wichse überstrichen.

Filzlaus mag schwere Sachen unheimlich gern. Außerdem mag er keine Schnürsenkel. Alle seine Schuhe haben Reißverschlüsse, Schnallen oder sind Slipper. Als er auf dem Technikum war, haben sie ihn jedesmal zur Essenszeit an den Schnürsenkeln am Maschendrahtzaun festgebunden. Sie haben ihn genau vor dem Fenster des Direktors an den Zaun gebunden, und die einzige Möglichkeit weg-zukommen bestand darin, die Schnürsenkel zu zer-reißen, weil er sich nicht bücken konnte – wenn er sich bückte, traten sie ihm in den Arsch. Filzlaus' Vater ist andauernd zum Direktor gegangen und hat sich wegen der Schnürsenkel beschwert, aber es hat nie was genützt. Einmal ist er in Stiefeln mit Reißverschluß in die Schule gekommen, aber sie haben sie ihm gestohlen, und so hat er Schnürsen-kel tragen müssen, zu seinem eigenen Schutz.

Der erste Film prasselt durch den Lautsprecher, und Carmen sitzt aufrecht bei der Windschutz-scheibe, nur in ihren schwarzen Höschen, umhüllt vom schweren, süßen Parfüm, das sie immer an sich hat. Filzlaus beäugt scheu ihre Brüste, die klein und fest sind. Er hätte gern, daß sie große Titten hat, wie die Mädchen im *Playboy*. Das ist das einzige, was er an ihr auszusetzen hat, daß sie keine großen Titten hat, aber er sagt nie etwas davon, nicht einmal zu sich selbst. Er sagt, hilf mir mal mit meinem Stiefel. Es ist ihm peinlich, sie darum zu bitten. Er hat gewußt, daß das passieren würde, und er hat Angst davor gehabt. Er sagt, zieh einfach. Normalerweise zieht Frank ihm die Stiefel aus. Die Stiefel sind eine Nummer zu klein, aber sie drücken nicht allzu sehr.

Filzlaus legt sich zurück, sein Hemd hat er ausgezogen, seine schwarzen Jeans heruntergelassen und einen Socken ausgezogen, während Carmen am anderen Stiefel zieht. Filzlaus wird es ganz schwummrig, als er Carmen anschaut, die sich nach hinten streckt, das Gesicht vor Konzentration und Anstrengung verzerrt. Er betrachtet den kleinen zarten Muskel an der Innenseite ihres Oberschenkels mit der kleinen zarten Mulde genau dort, wo er in ihrem Höschen verschwindet.

Sie sagt, he vorsichtig. Der Stiefel hängt immer noch halb am Fuß.

Er liegt auf ihr, und sie, kichernd und stöhnend, manövriert geschickt unter ihm, sagt im Takt mit ihrem Arsch Kinderverse auf. Zum hundertsten Mal denkt er, welche Verwandlung mit ihr vorgeht, wenn sie vögelt. Bis jetzt ist sie nichts besonderes, redet dummes Zeug oder schläft oder hört die Serien im Radio. Erst jetzt erwacht sie. Und man würde nie darauf kommen, egal wieviel man weiß, daß dieses Mädchen so aufdreht. Den ganzen Tag sitzt sie herum und ißt Erdnußbutter- und Honigbrote oder liest *Women's Weekly* oder liest die Ergebnisse von Tatt's oder die Sonderangebote. Filzlaus hat das Gefühl, in einem Meer von Honig zu versinken. Er sagt: »Humpty-dumpty«. Carmen biegt sich, wiegt sich, singt unter ihm, sagt: »Wa?«

Filzlaus sagt, bäng, bäng-bäng-bäng.

Carmen, deren mit Wimperntusche verschmierte Augen unter seinen mit Wimperntusche verschmierten Lippen schimmern, kichert, stöhnt, streckt sich wie eine Katze.

Filzlaus sagt, bäng, bäng, bäng-bäng.

Carmen streckt sich. Filzlaus hat das Gefühl, sie bricht gleich mittendurch. Er auch. Sie fällt. Er rollt und rollt weiter auf die linke Seite des Autos. Er sagt Scheiße, ach du *Scheiße!*

Das Auto liegt scharf geneigt auf der Seite. Carmen liegt auf dem Rücken, lächelt das Dach an. Sie sagt, mmm.

Filzlaus sagt, Jesus Christus, jemand hat die Räder abgestaubt, Jesus *Christus.*

Carmen dreht sich auf die Seite und sagt, die Karboys. Also hat sie die ganze Zeit über Bescheid gewußt. Sie klingt zufrieden.

Filzlaus sagt, du wirst Flecken auf die Polster machen. Er sucht nach dem anderen Stiefel und der Fahrradkette.

Er läuft zwischen den Autos hindurch. Er weiß

nicht, was er sucht, bloß die beiden Räder, eines tut's auch, weil er ja noch das Reserverad hat. Seine weiße Jacke wird vom Gewicht der Kette heruntergezogen. Er läuft zwischen den Autos hindurch. Manchmal bleibt er stehen. Er klopft an Fenster, aber niemand gibt Antwort. Alle haben zuviel Angst.

Er umrundet das Heck eines ganz neuen Chevvy und steht auf einmal genau vor dem Bullenauto. Einer der Bullen legt gerade etwas in den Kofferraum. Filzlaus ist überzeugt, daß es die Räder sind. Er geht weiter an den Autos vorbei, läuft die Umzäunung des Drive-in ab und kehrt zum Dodge zurück. Carmen hat die Decken heruntergenommen und schaut sich den Film an. Er erzählt ihr seine Theorie über die Bullen, und sie sagt: pst, schau.

Der Manager füllt die beiden Formulare aus und gibt ihnen Essensmarken. Er ist ein träger, fetter Mann in einer abgetragenen grauen Strickjacke. Er erklärt das System mit den Essensmarken – die Regierung versorgt sie pro Woche mit Marken im Wert von zehn Dollar, diese Marken können im Schnellimbiß direkt hier im Drive-in eingelöst werden. Wenn ihnen die Marken ausgehen, haben sie Pech gehabt, weil das alles ist, was sie kriegen. Wenn sie Decken wollen, müssen sie sich jetzt gleich in die Liste eintragen. Carmen fragt nach Bananenkrapfen. Der Manager schaut auf ihre Füße und hebt langsam seine halbgeschlossenen Augen, bis sie ihre treffen. Er sagt, daß Bananenkrapfen erst abends gemacht werden, aber sie kann alles kaufen, was es in der Cafeteria gibt.

Dann fragt der Manager, ob sie jemanden benachrichtigen wollen. Filzlaus fängt an, ihm Franks Namen zu geben und bricht ab. Der Manager wartet und kaut auf dem Bleistiftstummel, den er benutzt. Filzlaus sagt, es ist nicht wichtig. Der Manager sagt, es ist Ihre Entscheidung. Filzlaus sagt, nein, ist nicht wichtig, vergessen Sie's. Er sieht Frank vor sich, wenn der die Nachricht bekommt, wenn er erfährt, daß seinem Dodge zwei Räder fehlen, wenn er erfährt, daß Filzlaus damit in ein Drive-in gefahren ist. Er würde herkommen und sie beide umbringen.

Carmen sagt, wir werden nächsten Samstag heimgehen.

Der Manager seufzt und kratzt sich am Sack. Filzlaus überlegt, ob er ihm eine verpassen soll. Er hat die Kette in der Jacke. Der Manager sagt: »Jetzt hören Sie mal zu, was ich Ihnen sage. Erstens gibt's keine öffentlichen Transportmittel . . .«

Carmen sagt, öffentliche Transportmittel hab' ich nicht *gemeint*. Ich . . .

» . . . es gibt keinen Bus oder Zug, weil Busse und Züge nicht zum Star Drive-in kommen. Warum sollten sie auch, was? Zweitens, Sie können nicht auf diesem Highway laufen, weil's eine ›S‹-Straße ist. Und falls Sie die Gesetze des Landes kennen, es is nicht gestattet, auf oder neben einer ›S‹-Straße zu Fuß zu gehen.«

Er schaut zu Filzlaus hinüber und sagt: »Und Hunde dürfen auch nicht auf ›S‹-Straßen, oder Fahrräder oder Fahrschüler. Also dürfen wir euch nicht aus diesem Tor lassen, bis die verdammte Regierung einen Bus findet, den sie erübrigen kann, um euch alle heimzuschaffen. Inzwischen sind dreiundsiebzig Leute in der gleichen Lage wie Sie. Mir macht das auch keinen Spaß. Ich verdiene nichts an euch, also glaubt bloß nicht, daß ich euch hier haben will. Wir müssen halt abwarten, bis etwas geschieht. Und wir wollen bei Gott hoffen, daß bald was geschieht.« Er bekreuzigt sich abwesend, und Carmen lacht.

Der Manager starrt sie verständnislos an. Filzlaus würde ihm am liebsten die Kette über sein feistes Gesicht ziehen. Der Mann sagt: »Wollen Sie, daß ich Ihre Mutter benachrichtige«, und Carmen wird ganz leise und streicht sehr konzentriert ihren Rock glatt. Sie sagt ganz leise nein.

Der Manager steht auf. Er schüttelt ihnen beiden die Hand. Er rät ihnen, sich für die Decken einzutragen, aber sie sagen nein, sie haben welche. Er ist sehr väterlich geworden. An der Tür schüttelt er ihnen noch einmal die Hand und sagt, er hofft, daß sie es sich bequem machen können.

Draußen herrscht heller Sonnenschein. Carmen sagt, er war eigentlich ganz nett.

Filzlaus sagt, er ist ein Schwein. Ich erwisch' ihn schon noch.

Carmen sagt, weswegen?

Filzlaus sagt, weil er ein Schwein ist.

Carmen nimmt seine Hand, und sie gehen zum Schnellimbiß, schlängeln sich zwischen den provisorischen Wäscheleinen hindurch, die seit gestern Nacht überall auftauchen. Ungefähr dreißig Autos sind im ganzen Drive-in verstreut. Ein paar Kinder spielen auf den Schaukeln unter der Leinwand. Vor dem Schnellimbiß hängt eine blonde Frau von ungefähr vierzig ihre Wäsche auf und hat eine graue Decke wie ein Cape um. Sie lächelt ihnen zu. Filzlaus macht ein finsteres Gesicht. Als sie vorbeigehen, ruft sie: »Flitterwochen«, und ein Mann lacht. Filzlaus nimmt seine Hand aus Carmens, aber sie grapscht sie sich gleich wieder.

Die Frau im Schnellimbiß erklärt Carmen, wie das mit den Bananenkrapfen ist, daß es nur abends welche gibt, also ißt sie stattdessen einen Eisbecher. Filzlaus trinkt eine Ovomaltine, extra stark. Die Frau nimmt die Marken. Carmen sagt, ist es nicht schön, wie ein Picknick.

Er braucht eine Woche, bis er die Backsteine für das Hinterrad zusammen hat. Als er genügend hat, stützt er damit die Hinterachse ab und setzt das Reserverad vorne ein. Carmen liest Comics und hört der Musik zu, die sie über die Lautsprecher spielen. Filzlaus geht nach einem anderen Dodge suchen, von dem er ein Rad besorgen könnte. Es gibt keinen.

Nachts durchstreift er das Drive-in, klopft an Autoscheiben. Er hat vor, sich nach draußen mitnehmen zu lassen, irgendwie ein Rad zu besorgen und zurückzukommen. Aber keiner macht je das Fenster auf.

Er fängt an, Tankdeckel und Radkappen zu sammeln, bloß um sich zu beschäftigen. Wenn er genügend hat, wird er einen Karboy finden, der den ganzen Krempel gegen ein Rad tauscht. Er fühlt sich träge und stumpf und schläft viel. Carmen scheint glücklich. Abends ißt sie Bananenkrapfen und schaut sich den Film an. Filzlaus nimmt den Motor auseinander und setzt ihn wieder zusammen. Er verbringt einen Großteil des Tages damit, die Einspritzung in den Doppelvergaser einzustellen, bis ihm eines Nachmittags um vier Uhr das Benzin ausgeht.

Es gibt keine Möglichkeit rauszukommen. Carmen sagt ihm das jeden Tag. Jeden Tag kommt sie vom Damenklo zurück mit neuen Gründen, warum es keine Möglichkeit gibt rauszukommen. Beim Damenklo wissen sie alles. Sie stehen da und quatschen stundenlang, mit verschränkten Armen ihre Brüste stützend.

Beim Männerklo ist es dasselbe. Aber Filzlaus scheißt in aller Stille, mit abgeschalteten Ohren. Er hat kein Verlangen zu erfahren, warum es keine Möglichkeit gibt rauszukommen.

Er wartet auf die Ankunft eines 1956er Dodge.

Er ißt wenig, hebt seine Marken auf, um sie gegen ein Rad und eine Radkappe einzutauschen, die er brauchen wird. Es gibt Dutzende von anderen Rädern, die er nehmen könnte, aber er will Franks Dodge in einwandfreiem Zustand zurückgeben. Also wartet er, auf der Leopardenfellpolsterung liegend, die er inzwischen haßt. Er versucht, nicht an Frank zu denken, aber er hat nichts, an was er sonst denken könnte. Er ist das nicht gewohnt, das Nichtstun. Früher ist er immer beschäftigt gewesen, hat sich fit gehalten oder ist ins Kino gegangen oder mit Frank im Lastwagen rausgefahren. Und er hat den ganzen Tag gearbeitet, hat mit dem Mini Minor Druckfahnen ausgeliefert. Er hat diesen Mini gehaßt. Dieser Haß fehlt ihm. Es fehlt ihm, ihn zu fahren, die Scheiße aus seinem lumpigen kleinen Motor zu prügeln, ihn so hochzujubeln, daß er beinahe platzt, und auf den Tag zu warten, an dem er für Allied Panel & Towing arbeiten würde.

Aber seine Gedanken kehren ständig zu Frank zurück, und jeden Tag werden seine Qualen schlimmer. Er versucht, sich Gründe zu überlegen, warum Frank ihm verzeihen wird. Es fallen ihm keine ein. Er versucht, sich Franks Gesicht vorzustellen, wie es ihn anlächelt und sagt, vergiß es, Kumpel, das passiert den Besten von uns. Aber das Gesicht verzerrt sich, der große, klobige Unterkiefer schiebt sich nach vorn, und er sieht, wie Frank sein Gebiß herausnimmt, bereit für eine Schlägerei.

Oder er sieht Franks Hand, die den Schraubenschlüssel umklammert.

Frank hat gesagt, besorg dir ein schönes Auto,
die Leute haben Achtung vor dir, wenn du ein
schönes Auto hast. Du gehst irgendwo hin, in ein
Motel, und du hast ein schönes Auto, dann kümmern sie sich um dich. Frank hat sich um Filzlaus
gekümmert. Frank hat gesagt, mach was aus deinem Körper, dann kannst du überall für dich selber
einstehen. Mach was aus deinem Körper, und du
kannst überall reingehen und dich selber um dich
kümmern. Er hat ihm den Expander und ein altes
Photo von Charles Atlas, das ihm gehörte, gegeben. Frank hat gesagt, der Mann ist ein Genie.

Filzlaus hat sich im Dodge versteckt und versucht, seine Gedanken von all dem freizuhalten. Er
hat versucht, seine Gedanken freizuhalten, indem
er sich mit Carmen beschäftigte, aber sie wollte es
nicht bei Tageslicht machen.

Carmen liegt auf dem Dach, läßt sich von der
Sonne braten, während Filzlaus sich im Dodge versteckt. Er macht Pläne, wie er rauskommen kann,
und erzählt Carmen davon. Aber der Zaun steht
mittlerweile unter Strom. Aber das Drive-in ist für
Besucher geschlossen. Aber die Wachautos um-
runden die ganze Nacht die Umzäunung.

Filzlaus geht jeden Morgen nach dem Frühstück
durchs Drive-in, auf der Suche nach dem Dodge,
von dem er sicher weiß, daß er kommen wird, irgendwie, eines Nachts. Er sucht sich seinen Weg

zwischen den Wäscheleinen hindurch, um die provisorischen Toilettenhäuschen herum, weicht den
Abfallgruben aus, drückt sich an den Kartenspie-
lern und provisorischen Kricketfeldern vorbei. Es ist
wie am Strand, als er noch ein Kind war. Jeder tut
irgend etwas. Er würde sie am liebsten alle in die
Luft jagen.

Er schaut Carmens Gesicht an und versucht, genau zu erkennen, was damit geschehen ist. Es ist
älter. Ihr Sweater ist mit kleinen Wollpillen bedeckt. Ihr Haar ist nach hinten gekämmt und zu einem Zopf geflochten, hält aber ihre Ohren, die ab-
zustehen scheinen, nicht am Kopf. Sie ist dicker geworden. Sie hat den Mund voller Hamburger, während sie es ihm erzählt. Er weiß Bescheid. Er hat es
gesehen. Er hat alles beobachtet. Sie weiß, daß er
es gesehen hat. Sie wischt sich mit dem Ärmel ihres Sweaters das Hamburgerfett vom Mund und
erzählt ihm, was letzte Nacht passiert ist.
Er sagt, ich weiß, ich hab's gesehen.
Aber sie erzählt es ihm, weil sie das Gefühl hat,
er sieht gar nichts. Beim Damenklo hat sie allen
von ihm erzählt, und sie sind gekommen, um ihn
anzugaffen, einzeln und in Gruppen. Er befestigt
die Decken, um sich ihr Gegaffe vom Leib zu halten, aber Carmen bittet sie herein. Ihre Männer
kommen und laden ihn zum Kricket oder Münzen-
werfen ein. Er denkt an Frank und den Dodge, der
kommen wird.

Er sagt, ich hab's gesehen.

Er hat's gesehen, gestern abend, wie der Lastwagenkonvoi durch das Haupttor des Drive-in hereinkam. Alle sind hingegangen, um sich das anzusehen. Filzlaus ist später gegangen und hat am Rand der Menge gestanden. Aus irgendeinem Grund haben sie auf die Lastwagen und die Fahrer Hochrufe ausgebracht, als seien es Befreiungstruppen. Aber die Lastwagen haben nur noch mehr Autos gebracht, Autos ohne Räder, Autos ohne Motoren, verkrüppelte Autos, Autos, die sich nicht bewegen konnten. Still hat Filzlaus zugesehen, sich gefragt, was das zu bedeuten hatte.

Er hat beobachtet, wie der große fahrbare Kran die Autos von den Lastwagen auf den Boden gesetzt hat. Er hat beobachtet, wie die neuangekommenen Autos auf freien Plätzen in Reihen gestellt worden sind. Und als schon alle das Interesse verloren hatten, da hat er immer noch beobachtet. Er hat gesehen, wie auf einem großen Mercedes-Tieflader die vorgefertigten Nissen-Hütten gekommen sind. Er hat beobachtet, wie die Nissen-Hütten unter dem grellen Licht der Suchscheinwerfer, die auf dem Dach des alten Projektionsraums, auf dem Dach der Imbißhalle angebracht worden waren, abgeladen worden sind. Und im Morgengrauen ist er immer noch dort gewesen, als die Tieflader, die Kräne und die anderen Lastwagen schon weg waren, er ist dort gewesen, als die ersten Busse angekommen sind.

Er ist dort gewesen und hat von einem 1956er Dodge zwei Räder abgebaut.

Alle gehen hin, um sich ihre Ankunft anzusehen. Carmen ist ganz außer sich, sie fleht ihn an mitzukommen. Er hat sie niemals so glücklich, so erregt gesehen. Ihre Augen sind scharf und klar. Er würde sie gern vögeln, aber er hat zu tun. Er würde sie liebend gern festhalten, beruhigen, wärmen, kühlen. Aber er hat zwei Räder von einem 1956er Dodge, und er hat zu tun. Aus den Augenwinkeln sieht er exotische Dinge: Umhänge, Roben, dunkle Haut, schwarzbraune Gesichter. Er hört Stimmen, die er nicht versteht, er denkt an den Turm von Babel, und dann denkt er an die Sonntagsschule, wo er vom Turm von Babel gehört hat, und dann denkt er über Pfefferbäume nach, und dann denkt er an die beiden Räder und sagt zu Carmen, gleich, ich komme gleich.

Der Wagenheber ist in Ordnung. Er hat ihn in Ordnung gehalten. Er wuchtet das Heck des Autos hoch und nimmt die Backsteine weg. Dann bringt er das neue Rad an. Der Reifen ist ein bißchen platt. Er schätzt den Druck auf ungefähr fünfzehn Pfund pro Quadratinch, aber es wird reichen. Dann nimmt er das Vorderrad ab und legt es in die Reserveradbox zurück, und dann bringt er das neue Vorderrad an.

Er wird Benzin brauchen. Vielleicht auch Öl.

Er fühlt sich wie neugeboren. Er wird Frank das

Auto zurückbringen. Er wird ihm eine Geschichte erzählen, eine fantastische Geschichte. Er ist über Land gefahren. Er ist von einem Mercedes-Tieflader von der Straße gedrängt worden, und ein Jeep hat ihm den Weg abgeschnitten. Sie haben den Dodge mit ihm und Carmen darin auf den Tieflader gehoben und sind zu einem Treffpunkt irgendwo auf dem Land gefahren. Dort ist eine Bande gewesen. Filzlaus hat sich der Bande angeschlossen. Nachts sind sie mit den Tiefladern losgefahren. Filzlaus hat einen von ihnen gefahren, einen Leyland. Sie haben abseits vom Highway Autos gestohlen. Haben die Fahrer zu Fuß nach Hause gehen lassen. Filzlaus ist nach einem Kampf ihr Anführer geworden. Er hat sich den Dodge zurückgeholt. Ihn wieder flottgemacht. Dann ist er abgehauen und hat ihn hierher zurückgebracht, zu dir, Frank.

Er ist glücklich. Um ihn herum herrscht Aufregung. Er wird Öl und Benzin überprüfen müssen. Er hebt die Motorhaube und hat den Meßstab halb herausgezogen, als er bemerkt, daß die Vergaser fehlen. Erstarrt hält er inne. Dann beginnt er langsam die Überprüfung. Die Lichtmaschine ist weg. Der Verteiler auch. Das Gebläse und der Keilriemen. Die Batterie samt den Kabeln. Beide Kühlerschläuche und der Luftfilter. Etwas in ihm spannt sich. Irgendein unsichtbarer Draht wird um eine Raste weiter angezogen.

Er geht sehr langsam zu dem neuangekommenen Dodge zurück. Es sind Leute drin. Er beachtet sie nicht. Er öffnet die Tür und zieht an der Motorhaubenverriegelung. Jemand zerrt an seinen Kleidern. Er schüttelt ihn ab. Er öffnet die Motorhaube und schaut hinein, sucht nach den Teilen, die er verwerten kann. Es ist nichts da. Kein Motor. Ein schmutziges Stück Sperrholz ist hineingelegt worden, als Boden für den Motorraum. Ein paar kleine Hühner, sehr jung, trinken Wasser aus einem Napf in der Mitte.

Er legt sich auf dem Leopardenfell zurück und starrt nach draußen. Carmen ist neben ihm. Sie ist an ihn gekuschelt. Sie sagt eine Menge. Langsam beginnt Filzlaus zu sehen, was seine Augen sehen.

Eine große Gruppe Inder in Saris steht um einen verbeulten blauen Ford Falcon herum. Einer von ihnen, ein alter Mann, hockt auf dem Dach. Der Ford Falcon ist gestern abend gebracht worden. Eine Gruppe Männer, möglicherweise Italiener, lehnt am Kühler von Franks Dodge. Sie lachen. Sie spielen anscheinend ein Spiel, werfen abwechselnd einen kleinen Stein, so daß er beim Vorderrad eines hellgelben Holden Monaco landet. Kleine Kinder, schwarz, mit aufgetriebenen Bäuchen, rennen schreiend vorbei, verfolgt von einem kleinen englischen Kind mit einer Brille.

Carmen weint. Sie sagt, die sind überall. Die gaffen mich an. Die wollen mich vergewaltigen.

Filzlaus hat nachgedacht. Er hat sehr gründlich nachgedacht. Dinge sind ihm eingefallen, und er ist zu einem Schluß gekommen. Er hat diesen Schluß zu einem Satz geformt, und er sagt Carmen den Satz.

Er sagt, um frei zu sein, muß man ein Auto oder Fahrzeug in gutem Zustand sein.

Carmen weint. Sie sagt, du bist verrückt, verrückt. Sie haben alle gesagt, daß du verrückt bist.

Filzlaus sagt, nein, nicht verrückt, denk über die Worte nach – um frei zu sein, muß man . . .

Sie legt ihm die Hand auf den Mund. Sie sagt, er stinkt. Der ganze Platz stinkt nach dreckigen Kanaken. Sie sind schmutzig, dreckig, alles ist furchtbar.

Filzlaus sieht auf dem Weg zwischen dieser Autoreihe und der nächsten ein Auto fahren. Es ist ein 1954er Austin Sheerline. Der Manager sitzt darin, er sitzt steif aufgerichtet hinter dem Steuer, schaut weder nach links noch nach rechts. Es fährt. Filzlaus ist einen Moment lang aufgeregt, fragt sich, ob er das Auto für seine Essensmarken kaufen kann. Das Auto überfährt beinahe die indische Familie, und als es an ihm vorbeifährt, sieht er, daß der Austin von einer englischen Familie, einem Mann, einer Frau und drei kleinen Jungen geschoben wird.

Filzlaus sagt, ein Auto in gutem Zustand.

Fahnen, manche ausgefranst und schmutzig, flattern im Abendwind. Mit jedem Schritt riecht Filzlaus einen anderen Geruch, ein anderes Essen, eine andere Ausdünstung. Langsam geht er die

30

staubigen, von geschäftigen Leuten wimmelnden Wege entlang. Carmen ist im Dodge. Er hat sie mit der Fahrradkette und abgeschlossenen Türen dort gelassen.

Die Situation ist so geworden, daß kein Fortschritt möglich ist. Filzlaus ist jetzt dabei, eine andere Richtlinie zu formulieren. Bewegung ist wesentlich, das ist das einzige, woran er immer geglaubt hat. Nur ein Auto kann ihn retten, und er ist jetzt dabei, eines zu bauen. Filzlaus hat beschlossen, ein Auto in gutem Zustand zu werden.

Bis jetzt, während er so geht, ist er noch unsicher, was er sein wird. Kein Mini Minor. Er hätte gern etwas Größeres, Stärkeres. Er beginnt die Reifen herzustellen, sie sind groß und dick, mit schwerem Profil. Er kann sie spüren, spürt, wie sie die staubigen Wege entlangrollen. Er spürt, wie sie über eine leere Dose rollen und sich in den Sand quetschen. Dann die Stoßstangen, große, dicke Stücke aus grobgeschweißtem Stahl, die ihn bei einem Zusammenstoß schützen sollen. Kotflügel, breit und geschwungen. Im Abendwind fühlen sie sich kühl und glatt an. Da ist etwas, das sich wie ein Kasten anfühlt, ein Kasten hinten. Er kann mit seinen Nervenenden einen Apparat spüren, aber bis jetzt weiß er noch nicht, was der Apparat ist. Der Motor ist ein Achtzylinder, ein Ford, er spürt den Rhythmus seines Motors, die warmen, starken Vibrationen. Ein Sechsgang-Getriebe und ein zusätzlicher Hebel für Bedienung der Abschleppwinde. Das ist es, was der Apparat ist, eine Abschleppwinde.

Er fühlt sich ganz. Zum ersten Mal in seinem Leben fühlt sich Filzlaus vollständig. Er schaltet herunter und kreuzt langsam zwischen den von Autowracks gesäumten Wegen, zwischen den Menschenmassen, den Familien, die ihr Abendessen zubereiten.

Und er weiß, daß er weg kann.

Er hat Carmen vergessen. Er ist vollständig. Er wechselt in den zweiten und schaltet die Scheinwerfer ein, biegt von einem Weg in den nächsten ein, fährt vorsichtig durch das Labyrinth aus Autos und Nissen-Hütten, auf der Suche nach dem Tor. Das Drive-in scheint erweitert worden zu sein, denn er fährt mehrere Meilen in Richtung südlicher Zaun. Er wendet, hat es aufgegeben, schaltet in den dritten und sucht nach dem westlichen Zaun, wo das Tor gewesen ist.

Es ist schon spät, als er es findet. Die Scheinwerfer erfassen das Büro am Eingang. Niemand scheint auf Wache zu sein. Als er näherkommt, sieht er, daß das Tor offensteht. Er schaltet in den zweiten herunter, beschleunigt und läßt das Drive-in in einer Staubwolke hinter sich.

Auf dem Highway beschleunigt er. Er fühlt das Licht über sich blitzen und schaltet aus reinem Vergnügen die Sirene ein. Der Lastwagen ist nicht gedrosselt, und er reitet ihn mit 92 Meilen die Stunde, knüppelt den dunklen Highway hinunter, Luft bläst in den Kühler, das kühle Kühlwasser kühlt seinen heißen Motor.

Er ist schon eine Stunde unterwegs, als er bemerkt, daß die Straße leer ist. Er ist das einzige Auto weit und breit. Er fährt durch leere Vorstädte. Es gibt keine Neonschilder. Kein Licht in den Häusern. Es herrscht starker Gegenwind. Er fängt an, Nebenstraßen zu nehmen. Bei jeder Abzweigung, die er sieht, abzubiegen. Er fühlt scharfe Schmerzen, wenn seine Reifen radieren, quietschen und auf den kalten, harten Straßen um Halt kämpfen. Er hat kein Gefühl für die Richtung. Er fährt seit vielleicht drei Stunden. Seine Geschwindigkeit ist jetzt niedrig, bewegt sich um die dreißig herum. Er biegt um eine Ecke und fährt auf einen breiten Highway. In der Ferne kann er Lichter sehen.

Er fühlt sich schon besser, wärmer. Der Highway bringt ihn zu den Lichtern, den einzigen Lichtern auf der Welt. Sie kommen näher. Sie sind da. Er biegt vom Highway ab und sieht sich durch einen hohen Drahtzaun von den Lichtern getrennt. Innen sieht er Leute herumlaufen, lachen, reden. Einige tanzen. Er fährt am Zaun entlang, fährt über holprige, ungeteerte Straßen, zwischen Koppeln hindurch, bis er schließlich zu einem breiten Tor kommt. Das Tor ist verschlossen und mit Stahlstangen verstärkt. Über dem Tor ist ein verblichenes Schild mit abblätternder Farbe. Darauf steht: »Star Drive-in Kino. Bitte schalten Sie Ihre Scheinwerfer aus.«

Häutung

Sie geht auf leisen, langsamen Sohlen im Haus herum, ihre Schritte tappen leise über mir, während ich lauschend auf meinem ungemachten Bett mit den ungewaschenen Leintüchern liege. Sie weiß, wie sie es immer weiß, daß ich ihr nachlausche, und es ist früh am Morgen. Der Nebel hat sich noch nicht aufgelöst. Draußen kriecht der Verkehr vorbei. Da fährt ein roter Bus, ich kann den oberen Teil vor dem Fenster sehen. Wenn ich mir die Mühe machen würde, genauer hinzuschauen, könnte ich die Gesichter der Leute im Bus erkennen und, mit Glück, mein eigenes Spiegelbild, oder zumindest das Spiegelbild meiner weißen Haare, meines einzigen hervorstechenden Merkmals. Die Post ist noch nicht gekommen. Für mich wird nichts dabei sein, aber ich warte darauf. Das Leben ist nichts ohne Erwartungen. Ich hebe die Briefe immer sofort auf, wenn sie durch den Türschlitz fallen. Die Milchflaschen, zwei Tage alt, stehen ungespült in der Küche, und auch das weiß sie, weil sie noch nicht dagewesen ist.

Unsere Beziehung entzieht sich jeder Analyse.

Es war Bernard, obgleich ich es vorziehe, keine Namen zu nennen, der meinte, die Beziehung habe etwas Pfadfinderhaftes. Was er schon davon weiß! Bernard, der durch halb London fährt, um einen Pfarrer zu finden, der ihm für sein ständiges Masturbieren die Absolution erteilt, kann in dieser Sache nicht gerade als Autorität gelten.

Draußen herrscht dichter Nebel, so wie er in London immer sein soll, aber selten ist, es sei denn, man wohnt am Fluß, was bei mir nicht der Fall ist. Der heutige Tag wird die amerikanischen Touristen nicht enttäuschen.

Und sie geht über meinem Kopf hin und her, stellt wahrscheinlich die kleinen weißen Puppen auf, die sie mir nicht erklären wird und nach denen ich nie frage, weil ich weiß, daß sie sie nicht erklären wird, und weil ich vorläufig auch keine Erklärung will. Sie kauft die Puppen in der Portobello Road, am Nordende, freitags morgens, und donnerstags auf einem anderen Markt, sie hat nicht verraten wo, geht aber früh aus dem Haus, ungefähr um 5 Uhr morgens. Die Puppen kommen in jedem nur erdenkbaren Zustand an, in einen großen Pappkoffer gestopft, den sie auf ihre Expeditionen mitnimmt. Die, die noch Haare haben, rupft sie kahl, und die, die noch Augen haben, verlieren sie, und die, die noch Zähne haben, bekommen sie entfernt, und sie malt sie langsam weiß an. Sie nimmt eine matte Plastikfarbe. Ich habe die Dosen gesehen.

Sie stellt die Puppen an den unvermutetsten Plätzen auf. So daß man, wenn man ein wenig betrunken die Treppe hochsteigt, vielleicht plötzlich vor einer Sammlung weißer, kahlköpfiger Puppen steht, die zu einem wirren Haufen zusammengedrängt sind. Ihr Zimmer, das einmal mein Zimmer war, hat sie weiß gestrichen; die Babies verschmelzen mit der Wand und verschwimmen gegen die Tagesdecke, die ebenfalls weiß ist. Weiß, das seit einiger Zeit eine Modefarbe ist, gefällt ihr nicht, es ist einfach so, daß es nichtssagend ist und weniger melodramatisch als Schwarz.

Ich muß zugeben, daß ich Weiß verabscheue. Ich hätte lieber ein hübsches Blau, ein schönes Blau, wie ein blauer Himmel. Pastellblau oder Blaßblau heißt es, glaube ich. Etwas, das ein bißchen weiblicher ist. Etwas mit – wie sagt man doch gleich – mehr Ausstrahlung. Wenn ich schließlich mit ihr ins Bett gehe (und ich habe es nicht eilig, überhaupt nicht eilig), werde ich zu einer etwas genaueren Vorstellung von ihrer wirklichen Farbe gelangen, wird sie gewissermaßen Farbe bekennen müssen.

Haben Sie das Wortspiel mitbekommen?

Ich habe sie oftmals angetroffen, wie sie mitten in ihrem Zimmer Monopoly spielte und Guiness trank, umgeben von weißen Puppen.

Unter der Woche kommt sie manchmal, wäscht mein Geschirr ab und läßt sich überreden, mit mir zu essen. Der Verzehr von Essen ist im Augenblick unsere ergiebigste gemeinsame Beschäftigung. Bisweilen reden wir darüber, wie wir die einzelnen Düfte wahrnehmen. Wir reden über die Fischstäbchen oder die Steak-and-Kidney-Pies von Marks & Sparks. Sie hat mir eine Vorliebe für Austern gestanden, die ich erregend finde. Jede Woche lege ich ein wenig von meiner Rente beiseite. Wenn ich genug habe, werde ich Austern kaufen, und wir werden in allen Einzelheiten darüber reden. An diese Mahlzeit denke ich oft.

In einem früheren Stadium habe ich mich selbst noch nicht so gut verstanden und ein- oder zweimal einen leidenschaftslosen, betrunkenen Kuß ergattert. Aber ich habe die Angelegenheit nicht weiterverfolgt, gebe mich im Augenblick mit den Mahlzeiten und ihrer Gesellschaft an diesen ruhigen Abenden zufrieden, nun, da der Fernseher abgeholt worden ist und ich, ohne Arbeit, so wenig Geld bei den Damen in Bayswater, für das Kino oder auch nur für ein Glas vom besten Bitter im Bricklayers Arms ausgeben kann, was ich eigentlich immer langweilig gefunden habe.

Ich habe es nicht eilig. Die Angelegenheit ist nicht dringlich. Früher oder später werden wir über die Austern reden. Dann wird es an der Zeit sein, zu anderen, intimeren Dingen überzugehen, Schicht um Schicht bloßzulegen, bis ich ihre wirklichen Farben, ihre Düfte, ihre Gerüche entdecke. Die Aussicht auf eine so allmähliche Erforschung erregt mich, und ich habe es nicht eilig, überhaupt nicht eilig. Möge es ewig dauern.

Lassen Sie mich meinen Liebling beschreiben. Soll ich sie so nennen? Ein Unternehmen, das ich aufheben wollte, aber jetzt ist es heraus. Lassen Sie mich sie beschreiben. Mein Liebling hat ein längliches, blasses Gesicht mit langen, goldenen Haaren, leicht gekräuselt, solche mit einzelnen, wehenden Strähnen, die das Licht einfangen und hübsch aussehen. Ihre Nase ist lang, gerade, nicht nach oben gebogen, was sie bekümmerter aussehen läßt, als sie vielleicht ist. Ihre Brüste, so vermute ich, sind groß und schwer, aber sie trägt so viele Sweater (in Ermangelung einer besseren Bezeichnung), daß es schwer zu sagen ist; das gilt auch für die Feinheiten ihrer Figur. Aber sie bewegt sich, meine Angebetete, mit der Grazie einer Katze, wenn sie ihr Zimmer durchschreitet, umgeben von ihren weißen Puppen und ihrem Monopoly-Geld.

Sie scheint keiner Arbeit nachzugehen, und ich habe sie nie nach ihrer Beschäftigung gefragt. Das kommt noch, viele Episoden später. Ich werde es vermerken, falls und wenn es enthüllt wird. Vorläufig: Sie hält keine regelmäßigen Zeiten ein, keine, die ich mit irgend etwas in Verbindung bringen kann. Aber was das angeht, ich halte auch keine regelmäßigen Zeiten ein, habe ohnehin nie eine Uhr besessen und lebe zeitlos, seit die Batterie im Transistorradio ihren Geist aufgegeben hat. Normalerweise scheint es Spätnachmittag zu sein.

Sie faßt einen Entschluß. Ich kann sie oben an der Treppe hören. Zweimal ist sie während der letzten paar Minuten auf den Treppenabsatz hinausgetreten und hat sich wieder in ihr Zimmer zurückgezogen. Sie ist in ihrem Zimmer herumgelaufen. Sie hat am Fenster gestanden. Jetzt bewegt sie sich erneut in Richtung Treppenabsatz. Sie ist da. Es ist still. Vielleicht stellt sie auf dem Treppenabsatz Puppen auf.

Nein. Sie kommt, glaube ich, ich bin mir fast sicher, auf Zehenspitzen die Treppe herunter. Sie hat vor, mich zu überraschen.

Ein Pochen an der Tür. Mein Magen knurrt.

Ich gehe rasch zur Tür und öffne. Sie sagt hallo und lächelt irgendwie müde.

Sie sagt puh. (Sie meint den Geruch der sauren Milch in den ungespülten Flaschen).

Ich entschuldige mich, glätte mein Bett, ziehe die Decke hoch und biete ihr einen Platz an. Sie nimmt an, wirft meine Schlafanzughose unters Bett, damit es aufgeräumt aussieht.

Sie sagt, wie sieht es bei dir aus.

Ich berichte über die Lage auf dem Arbeitsmarkt. Sie ist jedoch, wie ich bemerke, ein wenig unruhig. Sie spielt mit einem Zipfel des Leintuchs. Sie ist zerstreut, scheint ungeduldig zu sein. Ich fahre in meinem Bericht fort, weiß aber, daß sie nicht richtig zuhört.

Sie steht vom Bett auf und fängt an abzuwaschen, macht in dem kleinen Gasboiler Wasser heiß. Ich frage, wie es bei ihr aussieht, aber sie bleibt still.

Das Wasser ist noch nicht heiß genug, aber sie läßt es in die Spüle einlaufen und fängt an abzuwaschen, bewegt sich gleichzeitig langsam und schnell. Ich trockne ab. Ich frage sie, wie es bei ihr aussieht.

Sie redet von George, über den ich mir nicht ganz im klaren bin. Er war möglicherweise ihr Mann. Da war anscheinend ein Kind. Sie besucht das Kind jeden dritten Sonntag. Zum hundertsten Mal mache ich die Bemerkung, wie unvernünftig das ist. Das Gespräch sagt keinem von uns etwas, aber das ist ja auch nicht sein Zweck. Mit dem Geschirr gibt sie sich nicht viel Mühe, eine nachlässige Spülerin, ich selbst könnte es besser – sie läßt auf Tellern, Flaschen und Besteck Essensreste zurück, aber ich beschwere mich nicht – ich hebe das Geschirr auf, um sie anzulocken, wie mit Honig.

Ich erzähle einen leicht gewagten Witz, einen so alten Witz, daß er für sie neu ist. Sie lacht wunderschön, mit zurückgeworfenem Kopf, ihr langer, weißer Hals wie der Hals einer weißen Puppe, aber sanftgeschwungen, wie die Innenseite eines Oberschenkels. Ihr Hals ist bemerkenswert, ihre Stimme entsteigt ihm zart, schüchtern, pianissimo.

Sie ist, wie soll ich sagen, künstlerisch veranlagt. Sie trägt die Kleidung eines gewöhnlichen Menschen, einer Vielzahl von recht verschiedenen gewöhnlichen Menschen, aber sie drapiert sie nach Art derer, die man künstlerisch nennt. Kleine Gegenstände sind mit einer Selbstsicherheit zusam-

mengefügt, die ihrer Art widerspricht und mich er-
staunt. Stücke winziger künstlicher Blumen, ein Teil
einer Fleischerschürze, alte portugiesische Stiefel,
ein silberner Anhänger, Ordensbänder, ein handbe-
malter Schal und hundert bis zur Unkenntlichkeit
veränderte Milchflaschendeckel. Sie ist wie eine El-
ster, die ihr Nest mit sich trägt.

Ihr Name, den ich eigentlich nicht hatte enthüllen wollen, ist Nill. Es ist ein zu privater Name, um
ihn preiszugeben. Aber er ist so sehr Teil von ihr,
daß ich einen Widerwillen verspüre, ihn zu erset-
zen, aus Angst, ich lasse etwas Wichtiges aus.
Ganz zu schweigen davon, daß es genauso wäre,
als würde man die weißen Puppen zu erwähnen
vergessen.

Der Abwasch ist fertig, und es ist noch zu früh,
um ein Essen zuzubereiten. Es ist eine angenehme
Zeit, eine Zeit der Erwartung. Sie bedarf, wie alles,
stärkster Kontrolle. Aber ich bin Experte in diesen
Dingen, ein Mann, bei dem ein Würfel Gerstenzuk-
ker einen ganzen Tag lang vorhält.

Wir sitzen nebeneinander auf dem Bett und lesen Zeitung. Ich nehme die Stellenanzeigen und sie,
wie gewöhnlich, die Todes-, Geburts- und Heirats-
anzeigen. Wie gewöhnlich liest sie sie alle, ihr blas-
ser Finger mit dem abgekauten Nagel fährt langsam über die Spalten, ihre Lippen bewegen sich
stumm, während sie die Namen liest.

Sie sagt, halb zu sich selbst, sie stehen nie drin.
Ich bin gleichzeitig darauf versessen und schrek-

ke davor zurück, diesen Faden aufzunehmen. Ich bin mir nicht sicher, ob es ein loser Faden ist oder einer, der sozusagen den ganzen Pullover auftrennt. Ich warte, sehe die Worte nicht mehr, auf die ich schaue. Meine Trommelfelle sind so straff gespannt, daß ich Angst habe, sie platzen.

Sie sagt, meinst du nicht, sie sollten drinstehen?

Mein Magen knurrt laut. Ich sage, was? Und stelle fest, daß meine gewöhnlich so klare Stimme heiser und rauh klingt.

Sie sagt, Babies . . . abgetriebene Babies . . . sie sind nicht aufgeführt.

Wie ich befürchtet habe, ist es kein loser Faden, sondern einer von der anderen Sorte. Bevor sie weiterspricht, kann ich spüren, daß sie im Begriff steht, mehr zu enthüllen, als sie im jetzigen Stadium sollte. Ich bin von ihr enttäuscht. Ich dachte, sie kennt die Regeln.

Ich würde ihr aus Höflichkeit gerne antworten, aber ich bin besorgt und nicht in der Lage, weiterzusprechen. Ich will in diesem Stadium nicht, ganz bestimmt nicht wissen, warum sie wohl ein solches Interesse an abgetriebenen Babies hat. Ich finde ihr Verhalten verworren.

Sie sagt, glaubst du, daß sie eine Seele haben?

Ich drehe mich um, um sie anzusehen, überrascht vom ungewöhnlich drängenden Unterton in ihrer Stimme, einer Stimme, die gewöhnlich so ausdruckslos ist. Als ich ihr in die Augen schaue, habe ich das Gefühl, in Milch zu ertrinken.

Sie steckt mit einer Metallspange eine verein-
zelte Haarsträhne zurück. Ich sage, ich habe nie
über das Problem nachgedacht.

Sie sagt, sei nicht gereizt.

Ich sage, ich bin nicht gereizt.

Aber das stimmt nicht ganz. Sagen wir, ich bin
verstimmt. Wenn ich noch etwas Gerstenzucker
hätte, würde ich sie in der Kunst des Gerstenzuk-
kerlutschens unterweisen, der Geduld, der es bedarf, damit er vorhält, der Disziplin, die es erfor-
dert, die Zähne zu vergessen, sich nur der Zunge
zu bedienen. Aber ich habe keinen Gerstenzucker.

Ich sage, ich bin alt, aber es wird noch ein Weilchen dauern, bis ich sterbe.

Sie sagt (überraschenderweise), du bist so morbid.

Wir sitzen ein Weilchen ziemlich still da, schau-
en beide in unseren Teil der Zeitung. Ich lese meinen nicht, weil ich weiß, daß sie ihren auch nicht
liest. Sie wird das Thema erneut zur Sprache bringen.

Statt dessen sagt sie, ich habe dir nie gesagt,
was ich mache.

Noch ein Faden, dieser scheint jedoch etwas
weniger drastisch. Das kommt mir sehr gelegen.
Ich ziehe es vor, diese Dinge zu wissen, die äußeren Schichten, bevor wir zum Zentrum der Dinge
kommen.

Ich sage, nein, was machst du?

Sie sagt, ich helfe bei Abtreibungen.

Genausogut hätte sie mich in den Magen treten können, das wäre mir lieber gewesen. Sie ist wieder auf die Abtreibungen zurückgekommen. Ich wollte nichts diskutieren, nichts so ... Tiefes?

Ich sage, wir alle müssen unsere Arbeit tun, sollten wir in der glücklichen Lage sein, Arbeit zu haben, was, wie du weißt ...

Sie sagt, die Abtreiberin ist keine Ärztin, es gibt da ein paar Zimmer in der Nähe von London, manchmal in Shepherd's Bush, Notting Hill, eines ist in Wimbledon, ein großes Haus.

Niemals zuvor habe ich von dergleichen gehört. Ich betrachte ihre Hände. Sie sind klein und weißlich, mit kurz abgebissenen Fingernägeln und einem oder zwei blaßrosa Flecken um die Knöchel. Ich frage sie, ob sie Gummihandschuhe trägt. Sie sagt ja.

Ich bin ganz froh, über die technische Seite des Jobs zu reden, jedenfalls im Augenblick. Sie sagt, ich habe immer geglaubt, daß sie eine Seele haben müssen. Wenn sie ... die Frau, für die ich arbeite, es tut, dann gibt es ein Geräusch, wie wenn man eine Birne schneidet ... nur viel lauter. Ich habe mitgeholfen, mehr Menschen zu töten, als in dieser Straße wohnen ... ich habe abends einmal die Häuser in der Straße gezählt ... ich habe es ausgerechnet.

Ich sage, es ist keine so große Straße ... eine Sackgasse, nicht sehr groß.

Sie sagt, doppelt soviel wie in dieser Straße.

44

Ich sage, aber das ist immer noch nicht so viel, und wir haben ein Bevölkerungsproblem. Es ist wie Empfängnisverhütung – entschuldige den Ausruck – ein wenig später angewandt.

Meine Stimme, so hoffe ich, ist ganz ruhig. Sie hat einen gewissen »professionellen« Beiklang. Aber meine Stimme läßt nicht ahnen, was in mir vorgeht. Jedes einzelne Organ in meinem Körper zittert. Das ist schlecht. Ich hatte die Dinge langsam angehen wollen. Es liegt ein langsames Vergnügen in oberflächlichen Dingen, dann kommen die persönlicheren Dinge wie Jobs, die Leute, die sie mag, wo sie geboren ist. Erst später, viel später, sollte man über ihre Ängste hinsichtlich der Seelen abgetriebener Babies reden. Aber es kommt alles zu schnell, wird alles zu viel. Ich sehne mich danach, ihre Kleidung zu berühren. Jetzt, so früh, ein Kleidungsstück zu entfernen, vielleicht den Schal, vielleicht würde es mir nicht schaden, einfach den Schal zu entfernen.

Ich strecke meine Hand aus, lasse sie übers Bett gleiten, bis sie hinter ihr ist. Durch die bloße Bewegung . . . um einen Bruchteil . . . bloß einen Bruchteil . . . bekomme ich den Schal zu fassen und ziehe ihn langsam weg. Er fällt aufs Bett, bedeckt meine Hand.

Das war ein Fehler. Ein schrecklicher Fehler. Schon macht sich meine Hand auf die Suche nach dem kleinen Verschluß hinten an ihrem Anhänger. Es ist schwierig. Meine andere Hand macht mit.

Die beiden Hände machen sich, von meinem Willen unabhängig, an dem Anhänger zu schaffen. Ich tue, was ich nicht zu tun beabsichtigte: Ich hetze.

Ich sage, ich bin alt. Bald werde ich sterben. Es wäre schön, wenn die Dinge von Dauer wären.

Sie sagt, du bist morbid.

Sie sagt das, als sei es ein Kompliment.

Meine Hände haben den Anhänger abgenommen. Ich lege ihn aufs Bett. Jetzt hebt sie ihre Hände, ihre beiden Hände, vor mein Gesicht. Sie sagt, riech . . .

Ich schnüffle. Ich rieche nichts Besonderes, allerdings war mein Geruchssinn nie gut. Während ich schnüffle wie ein gerissener alter Hund, nesteln meine Hände an den Ordensbändern und Plastikblumen, die ich eine nach der anderen abnehme und auf den Boden fallen lasse.

Sie sagt, was riechst du?

Ich sage, Abwaschwasser.

Sie sagt, es ist ein Antiseptikum. Ich habe das Gefühl, ich bin mit Antiseptikum vollgesogen, bis aufs Knochenmark. Inzwischen bringt mich das ganz durcheinander.

Ich sage, es wäre besser, wenn wir dieses Gespräch eine Weile unterbrechen und etwas essen. Wir könnten übers Essen reden, ich habe wieder Fischstäbchen.

Sie sagt, ich habe es dir nie gesagt, aber die Fischstäbchen schmecken immer nach Antiseptikum. Alles . . .

46

Ich sage, das hättest du mir später sagen können, im weiteren Verlauf. Es ist nicht wichtig. Es ist gut, daß du es bisher nicht gesagt hast, du hättest es nicht sagen sollen, auch jetzt nicht, du hättest es für später aufheben sollen.

Sie sagt, ich habe keinen Hunger, ich würde dir lieber die Wahrheit sagen.

Ich sage, ich würde sie lieber nicht hören.

Sie sagt, du kennst doch George?

Ich sage, du hast ihn erwähnt.

Meine Hände sind ein einziges Jucken. Sie haben sich an ihr zuoberst getragenes Kleidungsstück gemacht, ein eigenartiges Jackett, wie das Jackett eines Herrenanzugs. Ich helfe ihr heraus und lege es sorgfältig zusammen.

Sie sagt, George und mein Sohn . . . du erinnerst dich.

Ich sage, ja, ich erinnere mich vage, ganz vage . . . wenn du meinem Gedächtnis aufhelfen könntest.

Sie sagt, du machst dich über mich lustig.

Das stimmt nicht.

Ich bin zum nächsten Kleidungsstück übergegangen, einem Sweater von unbestimmtem Aussehen, der eine große Sieben auf dem Rücken hat. Sie hält ihre Arme hoch, damit er sich leichter ausziehen läßt. Sie sagt (ihre Stimme klingt dumpf wegen des Sweaters, der jetzt über ihrem Kopf ist), ich habe George und den Sohn erfunden.

Ich tue so, als höre ich nichts.

Sie sagt, hast du gehört, was ich gesagt habe?

Ich sage, ich bin nicht sicher.

Sie sagt, ich habe George und meinen Sohn erfunden . . . sie waren Tagträume.

Ich sage, das hättest du für nächstes Jahr aufheben können. Du hättest es mir an Weihnachten sagen können, es wäre etwas gewesen, worauf man
sich hätte freuen können.

Sie sagt, wie kannst du dich auf etwas freuen,
wovon du gar nicht weißt, daß es kommt?

Ich sage, ich weiß, ich habe gewußt, daß alles
kommt, früher oder später, zu seiner Zeit. Ich habe
es nicht eilig gehabt. Ich habe vielleicht noch fünf
Jahre, es hätte die Jahre ausgefüllt.

Sie sagt, du redest heute komisch daher.

Ich sage, das ist mir aufgezwungen worden.

Es folgt ein weiteres Kleidungsstück, eine etwas
schlampige Strickjacke, aber immer noch sehr
schön blau.

Ich sage, was für ein wunderschönes Blau.

Sie sagt, es ist Pastellblau.

Ich sage, es ist sehr schön, es steht dir.

Sie sagt, oh, sie ist eigentlich nicht für mich, sie
hat meiner Schwester gehört . . . meiner jüngeren
Schwester.

Ich sage, du hast nie von deiner jüngeren
Schwester gesprochen.

Sie sagt, du hast mich nie gefragt.

Ich sage, das war Absicht.

Ich habe jetzt gänzlich die Kontrolle verloren.

Das Gespräch geht über oder unter mir, irgendwo anders, weiter. Ich habe ihr die pastellblaue Strickjacke und den rot, weiß und blau bestickten Sweater darunter ausgezogen. Desgleichen eine Bluse, die ich in meiner Hast unglücklicherweise zerrissen habe. Ich habe mich entschuldigt, aber sie hat nur ergeben genickt.

Sie sagt, du hast mir nie etwas über dich erzählt . . . wo du arbeitest . . .

Ich bin mit der zweiten Bluse beschäftigt, einem weißseidenen Kleidungsstück, das fast neu aussieht. Ich sage zerstreut, es ist so, wie ich gesagt habe, ich bin arbeitslos.

Sie sagt, aber davor . . .

Ich sage, ich habe einige Jahre für die Regierung gearbeitet, als Angestellter . . .

Sie sagt, und davor?

Ich sage, ich war auf der Schule. Es war nicht besonders interessant. Es hat wenig interessantes gegeben. Wirklich sehr langweilig. Was ich gehabt habe, habe ich gestreckt, ich habe es hinausgezogen, verstehst du, habe meine wenigen Freuden hinausgezogen. Einmal habe ich eine Dame aus meiner Bekanntschaft zweiunddreißig Stunden lang geliebt, sie ist oft eingeschlafen.

Sie lächelt mich an. Sie sagt, das klingt . . .

Ich sage, es war nur schade, daß es bloß zweiunddreißig Stunden gedauert hat, denn hinterher mußte ich nach Hause, und ich hatte nichts mehr zu tun. Danach hat sich jahrelang nichts getan. Es sollte doch möglich sein, es länger als zweiunddreißig Stunden zu schaffen.

Sie lächelt erneut. Ich habe das Gefühl, ich ertrinke gleich in einer Million Liter Milch. Sie sagt, wir können es länger schaffen.

Ich sage, ich weiß, aber ich hatte es mir für später gewünscht. Ich hatte mir gewünscht, es für Weihnachten in ein paar Jahren aufzuheben.

Sie sagt, es ist irgendwie albern . . . zu warten.

Wie ich vermutet habe, sind ihre Brüste groß und schwer. Ich ziehe ihr die letzte Bluse aus und enthülle sie, groß und rund, mit kleinen harten Brustwarzen. Nun richte ich meine Aufmerksamkeit auf ihren Rock, dann auf einen zweiten Rock und danach auf einen ziemlich abgerissenen Unterrock. Ihre Strümpfe sind, wie ich feststelle, an einem Hüfthalter befestigt. Ich beginne, den Strumpf herunterzurollen, rolle ihn langsam das ganze Bein herunter. Dann den anderen Strumpf. Und den Hüfthalter.

Jetzt sitzt sie warm und nackt neben mir und lächelt.

Es ist nur noch ein Gegenstand übrig, ein Ohrring am linken Ohr. Ich strecke meine Hand aus, um ihn abzunehmen, aber sie ergreift meine Hand.

Sie sagt, laß.

Ich sage, nein.

Sie sagt, doch.

Ich bin gezwungen, Gewalt anzuwenden. Ich packe den Ohrring und ziehe daran. Es ist anscheinend gar kein Ohrring, sondern eine Art Verschluß oder Haken. Indem ich ziehe, schälen sich ihr Gesicht, dann ihre Brüste ab. Entsetzt ziehe ich weiter, bis ich sie ganz von dieser unerwarteten Schicht befreit habe.

Vor mir steht ein Mann von etwas über zwanzig Jahren. Sein Gesicht ist das gleiche wie ihr Gesicht, sein Haar ebenso. Aber die Brüste sind weg, und die Hüften. Sie liegen in einem weichen, lockeren Haufen auf dem Boden neben dem abgelegten Anhänger.

Sie (denn ich muß sie aus Gewohnheit auch weiterhin »sie« nennen) scheint ebenso überrascht wie ich. Sie nimmt ihren Penis in die Hand, drückt ihn, schaut zu, wie er wächst. Ich schaue fasziniert zu. Dann sehe ich am rechten Ohr einen weiteren Ohrring.

Ich sage, Entschuldigung.

Sie ist zu sehr mit dem Penis beschäftigt, um zu bemerken, wie ich nach dem zweiten Ohrring greife und ihn mit einem Ruck herunterziehe. Sie wirft eine weitere Haut ab, verliert diesmal den neuentdeckten Penis und enthüllt erneut Brüste, allerdings kleinere und festere. Sie ist insgesamt schlanker, obwohl sie vorher eigentlich auch nicht dick war.

Hier nun bemerke ich, daß sie einen Strumpfhaltergürtel und Strümpfe trägt. Ich rolle den ersten Strumpf herunter und stelle fest, daß mit dem Herunterrollen das Bein verschwindet. Ich habe keine Kontrolle mehr über mich. Das rechte Bein ist verschwunden. Ich beginne, den linken Strumpf herunterzurollen. Das Bein, vielleicht lichtempfindlich, verschwindet mit dem Herunterrollen.

Sie sitzt beinlos auf dem Bett, offensichtlich verwirrt von den beiden Hauthüllen auf dem Boden.

Ich berühre ihr Haar, untersuche es. Eine Perükke. Darunter ein kahler Schädel.

Ich fasse ihre Hand, will sie beruhigen. Die Hand löst sich von ihrem Körper. Ich spreche sie an. Berühre sie, will, daß sie mir antwortet. Aber mit jeder Berührung wird sie entgliedert, langsam, Glied um Glied. Bis sie sich, kopflos, armlos, beinlos, aus meinem unachtsamen Griff löst und zu Boden fällt. Es gibt ein scharfes Geräusch, etwa so, als bräche Glas entzwei.

Als ich mich bücke, entdecke ich zwischen den Scherben eine kleine Puppe, haarlos, augenlos und weiß von Kopf bis Fuß.

Sie erwacht

Sie erwacht, versucht aber, ihn nicht zu berühren.

Durch die Wand kann sie das Geräusch der Dusche hören und von unten noch mehr Geräusche. Die anderen Mädchen sind schon aufgestanden.

Sie versucht, ihn nicht zu berühren, obwohl es in dem schmalen Bett sehr eng ist.

Sein Haar, schwarz und lockig, ist alles, was sie sehen kann, und auch ein Stück von seiner Hand, weil er die Decke festhält, als habe er Angst, daß sie ihm weggezogen wird.

Es ist Samstag morgen. Auf der Straße draußen kann sie Autos und gelegentlich Stimmen hören, wenn Leute unter dem Fenster vorbeilaufen.

Wenn er erwacht, wird er grinsen und hallo sagen, sie aber nicht küssen, dann mit plötzlicher Energie aus dem Bett springen und dabei die Betttücher wahrscheinlich so liegen lassen, daß ein Teil ihres Körpers entblößt ist. Den wird er, immer noch grinsend, betrachten, während er sich auf seine komisch jungenhafte Art anzieht, halb zusammengekauert in morgendlicher Scheu.

Heute morgen wird sie erst hinuntergehen, wenn die anderen zum Einkaufen weggegangen sind. Sie wird nicht hören, wie sie ihr sagen, daß er sie ausnützt oder daß er ein sonderbares Kerlchen ist oder daß er eine Ratte oder sonstwas ist.

Sie wird im Bett bleiben und vielleicht Zigaretten rauchen.

Jetzt erwacht er, oder ist vielleicht schon einige Zeit wach und denkt an das kommende Wochenende oder das letzte Wochenende. Sie weiß, daß er nicht an Freitag nacht denkt, daß er nur an Freitag nacht denkt, wenn es soweit ist. Und dann vielleicht auch nur mit seinem Körper.

Jetzt dreht er sich grinsend um. Sie lächelt ihm zu, doch nicht zu warm, nicht zu sanft. Sie tut nichts, was darauf hindeuten könnte, daß sie irgend etwas von ihm erwartet.

Er wirft die Decken von sich und schwingt seine Beine aus dem Bett, so daß er darauf sitzt, den gebräunten Rücken ihr zugewandt. Sie berührt seinen Rücken nicht. Sie sagt nichts und tut nichts, was darauf hindeuten könnte, daß sie etwas von ihm erwartet. Sie fragt ihn nicht, was er heute tun wird oder morgen, hat ihn nie gefragt, was er vorhat.

Unten reden sie vermutlich gerade über ihn, und sie tut ihnen leid.

Jetzt zieht er sich an, zieht erst seine Unterhosen an, dann seine Jeans. Wie immer schließt er seine Jeans. Dann nimmt er sein Hemd und zieht es über seine Schultern.

Jetzt ist der Zeitpunkt gekommen, seine Jeans aufzuknöpfen, das Hemd hineinzustopfen und sie wieder zuzuknöpfen.

Die Decken, immer noch da, wo er sie hingeworfen hat, zeigen eine diagonale Hälfte ihres Körpers. Er steht da und schaut sie an, schon wieder grinsend, dann kommt er her, um ihr über den Bauch zu streichen.

Unauffällig bedeckt sie ihre entblößte linke Brust. Sie will, daß nichts darauf hindeutet, daß sie irgend etwas von ihm erwartet.

Unten werden sie wohl gerade darüber reden.

Wenn sie nicht zu ihnen hinuntergeht, dann werden sie zu ihr heraufkommen, mit ihrem Frühstück, oder um sie nach ihrem Anteil von der Miete zu fragen, oder um wegen der Einkaufsliste etwas zu fragen, oder einfach nur, um zu reden.

Über das Ausgenütztwerden.

Dann wird sie über ihn lachen und wütend sein und sagen, er sei eine Ratte und ein Kriecher und ein albernes Kerlchen. Dann wird sie ihn hassen, um die anderen zufrieden zu machen.

Jetzt geht er. An manchen Morgen küßt er sie. Heute morgen nicht, aber er winkt. Und grinst noch einmal.

Sie lächelt nicht. In wenigen Augenblicken, wenn er das Haus verlassen hat, werden die anderen heraufkommen. Vielleicht weint sie dann sogar und sagt, wie sehr sie ihn haßt.

Leben und Tod in Halle Süd

1

Ursprünglich bin ich als Schafhirte 3. Klasse eingestellt worden. Das war damals, als es noch Schafe gab, aber ich glaube, daß auch heute, da die Schafe durch Pferde ersetzt worden sind, meine Stellung immer noch die eines Schafhirten 3.Klasse ist, obgleich mir das von der Firma nie bestätigt wurde. Mein Arbeitsplatz heißt, soviel ich weiß, offiziell *Halle Süd*, aber es ist schon viele Jahre her, daß ich dies auf einem Lieferschein stehen sah, und ich habe es seither nirgendwo mehr gesehen.

Gestern habe ich der Firma geschrieben und darum gebeten, von meinem Posten abgelöst zu werden, und ich habe mich folgender Beschreibung bedient: »Ich bin als Schafhirte 3. Klasse in Halle Süd angestellt.« Ich hoffe, daß sie damit etwas anfangen können. Ich hatte eine detailliertere Beschreibung erwogen, etwas, das den Ort genauer bestimmt.

Etwa so: »Die Halle ist in fahlgelbes Licht getaucht, das durch die langen staubigen Fenster im

Scheddach eindringt. Im Mittelteil, dessen Ecken durch vier der vierundzwanzig Pfosten, die das Dach tragen, gehalten werden, befindet sich ein großer, in den Boden eingelassener Tank, der einem Swimming-pool ähnelt. Die Pferde beanspruchen den größten Teil dieser Fläche. Ich, der zuständige Schafhirte, habe eine kleine Ecke für mich selbst. In dieser Ecke verfüge ich, dank der Großzügigkeit der Firma, über ein Bett, einen Gaskocher, einen Kühlschrank und ein Fernsehgerät. Die Tiere machen mir keine Schwierigkeiten. Sie sind jedoch, müssen Sie wissen, durch den Pool gefährdet . . .«

Diesen Teil des Briefes habe ich nicht abgeschickt, aus Angst, daß sie mich für dumm halten. Die Leute von der Firma kennen meine Halle wahrscheinlich nur allzu gut. Wahrscheinlich haben sie Photos davon, vielleicht sogar die ursprünglichen Pläne des Architekten. Der Pool in der Mitte muß ihnen bekannt sein, auch die mit dem Pool verbundenen Gefahren. Ich habe schon viele schriftliche Ersuchen um eine Lieferung Stacheldraht vorgebracht, um den Pool einzuzäunen, aber die Experten haben es offenbar für unnötig gehalten. Oder vielleicht haben sie auch die wirtschaftliche Seite bedacht und sind, unter Berücksichtigung der Wahrscheinlichkeitsgesetze, zu dem Entschluß gekommen, daß es billiger ist, das eine oder andere Pferd zu verlieren als Stacheldraht zu kaufen, der so viel ich weiß heutzutage ziemlich teuer ist.

Ich habe leere Bierkisten um den Rand des

Pools herum aufgestellt, in der törichten Hoffnung, sie würden sich als eine Art Abschreckungsmittel erweisen. Unglücklicherweise scheinen sie so ziemlich das genaue Gegenteil bewirkt zu haben. Die Pferde stehen in Gruppen gefährlich nahe am Rande des Pools und starren stumpfsinnig auf die Pappkartons.

2

Der Fernseher zeigt nichts als ein Flimmern. Die Halle ist in seine blaue elektrische Decke gehüllt. Ein weiteres Pferd ist in den Pool gefallen. Sein fahler, geblähter Leib treibt, in seiner Melancholie einem Wal gleich, auf dem Wasser.

3

Marie ist früh gekommen und hat mich weinend inmitten der Pferde gefunden.

»Warum weinst du?«

»Wegen der Pferde.«

»Auch Pferde müssen früher oder später sterben.«

»Ich weine wegen des Swimming-pools.«

»Der Swimming-pool ist dazu da, ihnen sterben zu helfen.«

Als Marie mir sagt, daß der Swimming-pool dazu da ist, den Pferden sterben zu helfen, glaube ich
ihr. Sie weiß auf alles eine Antwort. Aber wenn sie
geht, dann gehen ihre Antworten mit ihr, und der
einzige Trost, der mir in der Halle bleibt, schlägt
sich in ein paar kleinen, trüben Flecken auf meinen
Bettlaken nieder.

4

ICH BIN DA, UM ZU VERHINDERN, DASS DIE
PFERDE IN DEN SWIMMING-POOL FALLEN!

5

Marie, die mir geholfen hat, in der Halle angestellt zu werden, will mir jetzt heraushelfen. Ich
persönlich würde gern weggehen. Ich habe der Firma meine Kündigung geschickt und warte im Moment auf meinen Nachfolger. Marie sagt: »Scheiß
auf die Firma.« Heute ist sie mit farbigen Prospekten und einem Ultimatum gekommen: entweder
ich verlasse die Pferde, oder sie verläßt mich.
»Liebst du die Pferde?«
»Nein, ich liebe dich.«
»Dann komm mit mir.«

»Ich kann sie nicht allein lassen.«

»Sie fallen sowieso in den Pool. Du kannst sie nicht davon abhalten.«

»Ich weiß.«

»Dann kannst du genausogut mitkommen.«

»Ich kann nicht mitkommen, bis sie alle in den Pool gefallen sind.«

»Aber du versuchst, sie davon abzuhalten, in den Pool zu fallen.«

»Ja.«

»Du kannst die Pferde nicht lieben, wenn du bloß darauf wartest, daß sie in den Pool fallen und ertrinken.«

»Nein, ich liebe dich.«

»Ach was, ich weiß doch, daß du die Pferde liebst.«

Und so geht es weiter.

6

Marie schläft neben mir, eingehüllt in den sü-ßen, schweren Duft von Schlaf und Sperma.

Etwas rührt sich in der Halle. Ich lecke an meinen Fingern und reibe mir die Augen mit Spucke. Im Augenblick reicht der winzige Schock der Feuchtigkeit aus, mich wachzuhalten. Ich starre in die Dunkelheit, über den grauen Garten aus düsteren Pferden, versuche, Bewegung und Reglosigkeit auseinanderzuhalten. Ein lautes Platschen. Ein hohes Wiehern. Ich verstopfe mir die Ohren. Wenn sie einmal im Pool sind, können sie nirgendwo Halt finden, um wieder herauszukommen.

7

Die Männer sind mit einem Lastwagen gekommen, der mit einer Winde ausgerüstet war. Sie haben das Pferd aus dem Pool gezogen und auf einen Anhänger gelegt. Sie haben ihm die Hinterbeine brechen müssen, damit es richtig draufpaßte.

Ich habe mir eingebildet, daß sie mich vorwurfsvoll angesehen haben. Vielleicht liegt das einfach daran, daß sie diesen Teil ihrer Arbeit nicht mögen und, da sie mir schon fünf Besuche abgestattet haben, um tote Pferde wegzuschaffen, mir nicht gerade freundlich gesonnen sind.

Ich habe sie gefragt, ob die toten Pferde ersetzt werden. Sie sind wohl zu beschäftigt gewesen, um mir zu antworten, aber ich bin immer davon ausgegangen, daß die Antwort nein heißt.

Heute habe ich erklärt, daß ich von dem Posten abgelöst werden möchte. Als sie dazu keine zweckdienlichen Vorschläge machen konnten, habe ich wegen des Stacheldrahts nachgefragt. Sie haben schockiert ausgesehen und die Ansicht geäußert, Stacheldraht sei grausam.

8

Marie ist heute abend nicht gekommen. Sie gibt mir einen kostenlosen Vorgeschmack von ihrer Abwesenheit, läßt mich schon mal wissen, wie das schmeckt. Sie hätte sich die Mühe sparen können. Es ist genauso schlimm, wie ich es mir vorgestellt habe.

Ich durchblättere die Prospekte, die sie mir dagelassen hat, starre auf Strände, die jemals zu besuchen ich mir nicht vorstellen kann. Ich habe niemals so viele Strände gesehen. An den Stränden sind schöne Mädchen, Mädchen, schöner als Marie. Vielleicht glaubt sie, daß die schönen Mädchen in den Prospekten ein zusätzlicher Anreiz sind. Was sie niemals verstehen wird, ist, daß ich mir nichts sonst auf der Welt verzweifelter wünsche, als mit ihr an diese Strände zu fahren. Sie wirft mir vor, ich empfände eine unangebrachte Loyalität gegenüber der Firma, aber die Firma, die sich nie herabgelassen hat, meine Briefe zu beantworten, kümmert mich nicht. Wenn ich die Halle verlassen könnte, würde ich zum Büro der Firma gehen und alles ein für alle Mal klären. Falls nötig, würde ich jemanden von der Verwaltung der Firma kidnappen und ihn als meinen Nachfolger hierherbringen.

Das Seltsame ist, ich weiß, daß ich, wenn ich die Halle erst einmal verlassen habe, die Pferde hassen werde. Ich spüre, daß diese neue Haltung in den Kulissen meines Hirns bereitsteht, zum Eingreifen bereitsteht. Ich habe das Marie zu erklären versucht, aber sie meint, ich sei unehrlich zu mir selbst, suchte nur einen Vorwand, warum ich nicht mit ihr gehe.

Aber jetzt bin ich für die Pferde verantwortlich. Jeder Tod fällt in meine Verantwortung, und mir liegt nichts daran, für so viele Todesfälle verantwortlich zu sein.

Und jetzt, wo ich nicht mehr mit ihr schlafen kann, denkt sie, es liegt daran, daß ich ein unnatürliches Verlangen nach den Pferden habe und sie im Vergleich zu ihnen unattraktiv finde. Aber ich kann nicht mit ihr schlafen, denn jedesmal, wenn ich mit ihr schlafe, fällt ein Pferd in den Pool.

JEDESMAL, WENN ICH MARIE FICKE, TÖTE ICH EIN PFERD.

Vielleicht regen die Fickgeräusche sie auf und sie geraten in Panik und verlieren die Orientierung. Ich habe Marie von meinen Gefühlen erzählt, daß es unbefriedigend ist, mit ihr zu schlafen, wegen der Gefahr für die Pferde.

Sie hat gesagt: »Du mißt deinem Schwanz ja große Macht bei.«

»Solange er schlapp ist, richtet er wenigstens keinen Schaden an.«

»Keinen Schaden«, hat Marie gesagt, »aber auch nichts Gutes.«

9

Noch eine Nacht ohne Marie.

Ihre Abwesenheit hat meinen schlappen Schwanz schneller und wirkungsvoller kuriert, als wir beide hätten vermuten können. Ich werfe und wälze mich auf meinem zerwühlten Bett hin und her, träume von hingebungsvoller und leidenschaftlicher Liebe auf den fernen Stränden ihrer Prospekte.

In diesem Augenblick bin ich bereit zu ficken, bis der ganze Pool voller Pferde ist.

10

Die Pferde stehen im Kreis um den Pool herum, ihre Schwänze wischen durch die graue Luft. Es ist nicht schwer, sich vorzustellen, daß sie sich um den Pool versammelt haben, um in das schwarze Wasser zu starren und vom Tod zu träumen. Nach den grauen Nächten und gelben Tagen in der Halle muß die Schwärze des Todes anziehend für sie sein. Oder vielleicht wissen sie auch um meinen Entschluß und stehen bereit.

Die Peitsche ist schon immer dagewesen, umsichtigerweise von derselben Firma bereitgestellt, die sich geweigert hat, mir Stacheldraht zu liefern.

Ich will mich nicht daran erinnern, wie ich die

Pferde in den Pool getrieben habe. Es war widerwärtig einfach. Sie sind ins Wasser gefallen wie
überreife Früchte von einem Baum, oft noch bevor
die Peitsche sie überhaupt berührt hatte. In fünf
Minuten war die Halle leer und der Pool kochte
von Pferden über. Ich bin in mein Bett geflüchtet
und habe mir das Kissen über den Kopf gezogen.

Nach weniger als einer Stunde sind zwölf Pferde
im Pool getrieben. Sie sind sanft aneinandergesto-
ßen, wie schlechte Träume in einem Becken.

11

Sie haben Ersatz gebracht. Sie laden die zwölf
neuen Pferde von dem Lastwagen mit dem blit-
zenden gelben Licht auf dem Dach ab. Dann machen sie sich daran, die ertrunkenen Pferde mit einer Winde aus dem Pool zu ziehen.

Ich flehe die Männer an, die lebenden Tiere
nicht in meiner Obhut zu lassen, sie in eine andere
Halle zu bringen. Ich biete ihnen alles, was ich habe: mein Fernsehgerät, meinen Kühlschrank, mein
Bett, die Prospekte, die Marie mir dagelassen hat.

Der Fahrer blättert lustlos die Prospekte durch:
»Der Fernseher ist Eigentum der Firma.« Er fügt
hinzu, daß er die Absicht hat, die Prospekte zu be-
schlagnahmen.

Zimmer 5 (Escribo)

Ich kratze mich unter der Achselhöhle und lausche dem Geräusch, wie das Knirschen von Frühstücksflocken. Das Hotelzimmer hat einen Namen, *Escribo*. Es war einmal ein Büro. Bisweilen kommt von oben ein Rumpeln, ein Zittern, und Wasser rauscht durch die Decke und klatscht in das Bidet darunter.

Lastautos rumpeln durch die Stadt. Sie sind vollbesetzt mit Soldaten. Wahrscheinlich stirbt Timoshenko nun doch, und dann gibt es vielleicht einen Staatsstreich, oder auch keinen, oder vielleicht eine staubige Straße, die sich über die Ebene erstreckt, und Einwickelpapier von einem jener grellgrünen Bonbons, verloren irgendwo zwischen den Gräsern.

Das Restaurant riecht nach Pisse und ist feucht. Kondenswasser bedeckt den Kachelboden, über den sich dünne Schmutzstreifen ziehen. Ein großer Fußabdruck von einem Gummiprofil wiederholt sich. Jorge war gestern hier. Jorge ist vielleicht von keinerlei Bedeutung. Er ist Hauptmann in Timoshenkos Armee, aber seine Fähigkeit, auf die Dinge Einfluß zu nehmen, ist wahrscheinlich gering.

Jorges Grenzposten liegt sechs Kilometer von hier auf der Straße jenseits der Brücke. Es wird wahrscheinlich regnen. Wenn Timoshenko stirbt, ändern sich die Dinge vielleicht. Der Wind bläst vielleicht aus einer anderen Richtung. Es ist vielleicht weiterhin heiß. Vielleicht verwechselt man dann das Krachen von Gewehrfeuer mit Donner, oder umgekehrt. In der Pissoirfeuchtigkeit des Restaurants verschmieren die Möglichkeiten miteinander. Ein paar junge Burschen trinken Coca-Cola und lehnen sich gegen die Kaffeemaschine. Draußen sind noch mehr, die lassen ihre Zündapps aufheulen.

Du liegst auf dem Bett und lächelst zur Decke. Ich frage mich, was du denkst. Du lächelst unentwegt, und ich habe es aufgegeben, dich danach zu fragen. Ich habe entschieden, daß du über einen fünf Jahre zurückliegenden Tag lächelst. Ich habe noch nicht entschieden, was an diesem Tag geschehen ist. Und da du es mir nicht sagst, muß ich ja wohl entscheiden, aber erst später. Mir fällt nichts ein, was dich zum Lächeln bringen könnte.

Ich habe dich gefragt, ob du Angst hast zu sterben, jetzt. Du hast gelächelt und nichts gesagt.

Ich habe die Frage gestellt, damit du zu lächeln aufhörst.

Ich weiß nicht, wer du bist. Du lächelst unaufhörlich, seit ich dich in Villa Franca aufgelesen habe. Du lächelst unaufhörlich, außer wenn du mit mir schläfst, und dann runzelst du die Stirn, als hättest du vergessen, was du gerade sagen wolltest. Dein Lächeln ist lebhaft und freundlich. Es ist ein von Sanftheit und völligem Verständnis zeugendes Lächeln, aber du weigerst dich, es mir zu erklären, und ich weiß nicht, was du verstehst, und du verweigerst mir das auch weiterhin.

Du willst noch Joghurt. Wieder, zum achten Mal heute, verlassen wir dieses Zimmer und gehen zum Café gegenüber dem Restaurant Centrale. Du ißt Joghurt. Ich schaue zu. Die Soldaten, die an den anderen Tischen sitzen, schauen lauthals zu. Sie schauen uns beiden zu. Beim Joghurtessen runzelst du die Stirn, wie wenn du mit mir schläfst. Ich kann den Anblick nicht ertragen, von dem Joghurt, seine Beschaffenheit ist mir widerwärtig, wie Dickmilch, Leber, Nieren, Hirn, Farax und Heintz Babynahrung.

Als du den Joghurt gegessen hast, siehst du mich an und lächelst. Deine Augen haben kleine Fältchen in den Winkeln. Das Seltsame an deinem Lächeln ist, daß es kein einziges Mal weniger wirklich oder weniger intensiv geworden ist. Es ist ein Lächeln, einem Augenblick auf einer Photographie entrissen und zu einem endlos langen Film ausgedehnt. Du siehst dich im Café um. Ich sage, daß du das nicht tun sollst. Die Soldaten sind nicht vertraut mit den Eigenheiten deines Lächelns und mißverstehen es vielleicht. Sie haben es bereits mißverstanden und sitzen an den uns umringenden Tischen.

Wenn Timoshenko stirbt, werden sie dich vergewaltigen und mich erschießen. Das ist eine Möglichkeit, hast du sie bedacht?

Ich beobachte, wie die Spinne deinen Arm hochkrabbelt und sage nichts. Du weißt davon, wie du über viele Dinge Bescheid weißt. Du hast darauf bestanden, den Grenzposten zehn Minuten nach mir zu passieren. Aus diesem Grund, wegen deines unerklärlichen Verhaltens, haben sie dich dort so lange aufgehalten. Ich habe durch das Verandafenster gesehen, wie die Beamten dein Gepäck durchsucht haben. Sie haben deine Unterwäsche gegen das Licht gehalten. Die Dinge laufen nicht so, wie du das vielleicht erwartest.

Ich möchte, daß du mich mit gerunzelter Stirn ansiehst. Was würde geschehen, wenn ich dich in barschem Ton auffordern würde, mich mit gerunzelter Stirn anzusehen, hier, in aller Öffentlichkeit? Du würdest lächeln, einen Scherz vermuten.

Als die Soldaten uns auf das Café zukommen sehen, rufen sie uns etwas zu. Ich bitte dich zu übersetzen, aber du sagst, es ist nichts, bloß so ein Ausruf. Sie warten darauf, daß wir kommen und Joghurt essen. Es ist eine Abwechslung. Solange sie im Café sitzen, kann kein Alarmzustand herrschen. Aus diesem Grund ist es gut, sie zu sehen. Sie ihrerseits freuen sich, uns zu sehen. Sie rufen »Jogi«, als wir den Hügel hinauf auf sie zukommen. Wenn wir den Tisch erreichen, stehen schon zwei Becher Joghurt da. Zum dritten Mal lasse ich einen Becher zurückgehen. Der Kellner weigert sich zu verstehen und reißt Witze mit den Soldaten. Du sagst, daß sein Dialekt schwer zu verstehen ist. Es ist ein Ablenkungsversuch.

Die Hitze hängt über der Stadt wie ein Fliegenschwarm. Lastautos rumpeln über die alte Steinbrücke. Es stinkt unter der Brücke. Wenn man den Gestank an der Brücke nicht riechen würde, wäre die Szenerie malerisch. Ich habe dort Photos gemacht, auf denen der Gestank eliminiert ist. Auch ein paar Momentaufnahmen von dir. Ich will, daß du gedankenverloren aussiehst, aber du scheinst unfähig, dich selbst darzustellen.

Es gibt ein paar gute dreckige Witze über das Lächeln der Mona Lisa und was dahinter steckt. Dein Lächeln ist nicht so rätselhaft. Es ist höchst durchsichtig. Es ist lediglich seine Dauerhaftigkeit, die so verwirrend ist.

Ich kenne dich nicht. Dein Akzent ist seltsam und hat einen Einschlag von Manchester und Knightsbridge, aber auch etwas Texanisches. Du bist an vielen Orten gewesen, machst aber unbestimmte Angaben, warum. Du hast kein Geld mehr, erwartest aber, daß jeden Tag welches beim Banco Nationale eintrifft. Wir warten auf dein Geld, auf Timoshenko, auf die Nacht, auf den Morgen, darauf, daß die Decke rumpelt und das Wasser herabströmt. Ich habe Zeitungspapier in das Bidet gestopft, damit das Wasser von oben nicht spritzt. Ich habe einen Brief an meinen Arbeitgeber in London angefangen, in dem ich meine Abwesenheit erkläre, und es hindert mich nichts daran, ihn zu beenden. Ich habe Andeutungen von einer Krise gemacht, bin jedoch außerstande, deutlicher zu werden. Sie ihrerseits werden es als Ängstlichkeit, Diskretion oder die Auswirkung der Zensur interpretieren.

In diesem Augenblick liegt der Brief leicht zugänglich oben in meinem Koffer. Falls der Koffer durchsucht wird, wird man den Brief leicht finden. Er ist möglicherweise belastend, obgleich er so abgefaßt ist, daß er nichts verrät. Auch wenn man nichts weiß, kann man alles verraten. Das ist die Gefahr.

Nacht

Es ist Nacht. Du liegst im Dunkeln, dein Gesicht ins Kissen vergraben. Du liegst nackt auf der Decke; du magst die Beschaffenheit der Decke. Es ist heiß, und die Decke ist grau, und ich liege neben dir auf dem Laken, starre auf das Licht, das durch geschlossene Fensterläden ins Zimmer dringt. Ich habe es für ratsam erachtet, die Läden dicht geschlossen zu halten – das Zimmer liegt zu ebener Erde und hat einen kleinen Balkon, der einen oder zwei Fuß über der gepflasterten Straße vorspringt.

Ich berühre deinen Oberschenkel mit meiner Zehe, und du gibst einen Laut von dir. Der Laut

71

wird durch das Kissen gedämpft, und ich verstehe ihn nicht.

Ich schlafe.

Als ich erwache, bist du nicht mehr da. Panik elektrisiert meinen Körper in kurzen Schüben. Die Läden sind offen, und ein Lastauto fährt vorbei, neben und über dem Balkon. Ich höre den Fahrer husten. Männer auf der Ladefläche des Lastautos singen traurig und leise. Ich lausche, wie sie auf die Schwelle am Anfang der Brücke treffen und höre den dumpfen Schlag und das Klappern. Der traurige Gesang geht ohne Unterbrechung weiter, als schwebe er sanft über die Straße.

Du bist nicht mehr da. Ich traue mich nicht, nach deiner Tasche zu schauen, aber du hast dein Taschentuch zurückgelassen. Darauf könnte ich mich bei dir verlassen, daß du kleine Gegenstände zurückläßt.

Es ist nicht das Geld. Das Geld kümmert mich nicht. Der Banco Nationale hat mich nicht gerade durch seine Tüchtigkeit beeindruckt, und ich glaube nicht an seine Versprechungen und Zusicherungen. Sie haben deinen letzten Reisescheck eingelöst und dir hundert anstatt zehn US-Dollar gegeben. Du hast gelacht und das Geld zurückgebracht, aber nicht aus Vorsicht.

In der Bank ist eine alte Frau in Schwarz gewesen, die ihr Geld in einem halb aufgetrennten Strumpf aufbewahrte. Du hast hinter ihr gestanden und sie angelächelt, als sie sich umdrehte, um dein

Kleid anzustarren. Wenn das Geld in einem alten Strumpf eintreffen sollte, wäre ich zuversichtlicher, aber du sagst, es kommt aus Zürich, und ich habe nur wenig Hoffnung. Nein, es ist nicht das Geld, das wir beide unleugbar brauchen. Die Panik wird nicht verursacht durch den Gedanken, daß du mit oder ohne Geld verschwindest, noch wird sie verursacht durch den Gedanken an die Geheimpolizei, obwohl sie mich nicht gleichgültig läßt.

Aber die Panik ist da. Ich kämpfe bewußt dagegen an. In Gedanken ordne ich das Ablagesystem in meinem Londoner Büro neu. Da gibt es ein paar rote Schildchen, die ich schon immer ordnen wollte. Ich beschäftige mich damit, Klassifizierungen auf diese roten Schildchen zu schreiben. Ich schreibe die Namen meiner Distrikte darauf: Manchester, Stockport, Hazel Grove. Bei Hazel Grove verliere ich den Überblick. Ich liege auf dem Laken, kleine Nadelstiche von Energie lassen meinen Körper kribbeln, und höre einen Mann etwas rufen, das wie »Escribo« klingt. Ich bin sicher, daß er das Schild an der Tür unseres Zimmers nicht sehen kann. Es sei denn, du hast es ihnen gesagt, und sie haben es absichtlich gerufen, um mich zu erschrecken. Denn du sagst nichts über die Polizei oder die politische Situation, wenn ich darüber reden will. Was die Zeitungen angeht, so sagst du, sie seien langweilig, nicht wert, daß man sie übersetzt, und es sei ohnehin unwahrscheinlich, daß sie sofort über Timoshenkos Tod berichten. Du sagst, du hast keine Ahnung, warum sie uns letzten Sonntag nicht über die Grenze zurück lassen wollten, und behauptest, daß du ihre Begründung als vernünftig und richtig akzeptierst. Auch hast du vermutet, der Grund sei, daß »die Grenze sonntags geschlossen ist«, aber das war kein besonders guter Witz. Und jetzt kommt es darauf an, daß wir warten, »bis mein Scheck aus Zürich kommt«. Du scheinst gedankenverloren, so geduldig wie eine Sonnenbadende.

Liegt es daran, daß du das Ende erleben willst, wie die Geschichte ausgeht? Denn ich erinnere mich an dein Verhalten in Riano, als wir ins Kino gingen, um uns diesen amerikanischen Film anzusehen, irgend etwas über das FBI. Du hast andauernd gelacht, und die Zuschauer haben kleine Zischlaute gegen dich ausgestoßen. Aber du hast gewartet, weil du das Ende sehen wolltest. Dann sind wir auf einen Drink in ein Café gegangen, und du hast an deinem süßen Wermut genippt und gesagt: »War es nicht schrecklich?«

Da ist ein Kratzen an der Tür. Du trittst leise ein, trägst mein Hemd über deinem Kleid. Ich kann hören, daß du barfuß bist. Und ich kann dich riechen, den Geruch deines Pulses. Es ist, als hättest du ein Fenster zu den inneren Bereichen deiner Seele geöffnet. Es ist der Geruch von Regen auf Weizenfeldern. Wasser und Sand, Saatgut, Kuhmist, Spucke, Wildblumen und trockenem Sommergras.

Auf deinen bloßen Füßen betrittst du leise das

Zimmer, und ich liege auf dem kühlen Laken und schaue dich an, wie du mich anschaust.

Ich sage, wo bist du gewesen.

Du sagst, ich bin spazierengegangen ... am Fluß.

Ich sage, es stinkt am Fluß.

Du sagst, ich weiß.

Du hast nur deinen Rock und mein Hemd an. Du streifst sie träge ab und kommst zu meinem Bett, freundlich die Stirn runzelnd.

Tag

Die Fensterläden sind immer noch offen, und ein kleiner Junge beobachtet uns. Er ist von der Straße auf unseren kleinen erhöhten Balkon geklettert. Ich lege ein Laken über dich und stehe auf, gebe dem Kind durch Gesten zu verstehen, daß es gehen muß. Es rührt sich nicht vom Fleck, starrt gebannt auf meinen Schwanz. Es hat einen großen quadratischen Schädel und kleine stumpfsinnige Augen. Geh, sage ich. Aber ich gehe nicht auf den Balkon, wo man mich von der Straße aus sehen könnte. Man könnte mich möglicherweise mißverstehen, und das wäre bedauerlich.

Statt dessen schließe ich die Läden und warte darauf, daß es weggeht. Ich warte fünf Minuten, nach der Uhr an deinem schlaf-schlaffen Handgelenk. Es ist immer noch da. Ich mache es mir bequem und warte.

Das Kind ist wahrscheinlich von der Polizei. Der Gedanke amüsiert mich, aber nicht genügend, denn er ist nicht gänzlich unmöglich. Die Dinge werden immer weniger unmöglich.

Ich mache mir keine Gedanken wegen der Polizei, möchte aber gerne wissen, warum sie sich letzten Sonntag weigerten, uns über die Grenze zurück zu lassen.

Jorge ist Hauptmann in Timoshenkos Armee, beim Grenzposten. Ich kenne seinen Namen, weil er so genannt worden ist, Jorge, von Leuten im Restaurant. Jorge hat dir gesagt, daß jenseits der Grenze Krieg herrscht. Entweder das, oder daß die Leute jenseits der Grenze darauf aus sind, sein Land anzugreifen, wenn Timoshenko stirbt. Oder vielleicht auch beides. Du sagst, es hätte da ein Grammatikproblem gegeben, eine Unsicherheit über die Bedeutung eines bestimmten Verbs und ein oder zweier Wörter, die man vom Klang her verwechseln kann. Aber du hast alle drei Möglichkeiten als wahr und vernünftig akzeptiert. Er hat dir einen Drink spendiert und darauf bestanden, daß du dich zu ihm an den Tisch setzt, um ihn zu trinken. Ich war eher verwirrt als verletzt, eher ängstlich als ärgerlich. Es schien möglich, daß er nur Spaß machte, daß er einen Krieg erfunden oder angezettelt hatte, damit du dich an seinen Tisch setzt.

Deshalb essen wir jetzt auch im Restaurant Centrale. Aber früher oder später wird er kommen, um dir einen zweiten Drink zu spendieren und zu erklären, daß der Krieg ewig weitergeht. Ich habe keinen Plan, wie ich mit ihm umgehen soll. Er ist offenbar gut abgeschirmt und praktisch unverwundbar.

Aller Wahrscheinlichkeit nach werde ich euch beide von meinem Tisch aus beobachten.

Jorges kleiner Spion ist immer noch auf dem Balkon und späht durch die Fensterläden. Ich wende ihm den Rücken zu und kehre zu dem Ablagesystem zurück, das sich jetzt mit den Straßen von London beschäftigt. Ich beginne, sie in alphabetischer Reihenfolge zu ordnen, komme aber mit A nicht weiter als bis Albermarle Street.

Draußen lassen die Jungen ihre Zündapp aufheulen. Immer noch überqueren Lastautos die Brücke, aber es scheinen jetzt mehr zu sein. Es ist, als seien sie von der Hitze herausgetrieben worden. Es ist jetzt schon heißer, als es gestern mittag war.

Nachmittag

Ich schaue zu, wie du deinen Joghurt ißt. Du taxierst jeden Löffel sorgfältig, siehst zu, wie die weiße Masse von deinem Löffel glitscht und tropft.

77

Auf deiner Lippe stehen Schweißtröpfchen, und du bittest mich, um Wasser zu bitten. Ich habe das Wort vergessen, und es fällt mir falsch ein. Der Kellner scheint zu verstehen, bringt aber Kaffee, und du sagst, daß Kaffee auch recht ist. Später, als ich bezahle, stelle ich fest, daß er den Kaffee nicht berechnet hat. Hat er ihn vergessen? Oder ist es ein ausgeklügelter Scherz, Kaffee zu bringen und die ganze Zeit so zu tun, als sei es Wasser? Nach acht Tagen in dieser Stadt ist nichts unmöglich.

Wir verlassen das Café und gehen zum Museum hinauf. Du hältst die Hand über die Augen und sagst, vielleicht macht es heute auf, obwohl du weißt, daß es geschlossen sein wird.

Nach dem Museum gehen wir durch die gleichen mit Kopfstein gepflasterten Straßen, durch die wir acht Tage lang gegangen sind, und versuchen, neue ausfindig zu machen. Es gibt keine neuen Straßen, es sind immer die gleichen. Sie sind von den gleichen grauen Häusern eingefaßt, deren Fronten mit den gleichen verzierten Keramikfliesen verkleidet sind. Ich photographiere die gleichen Keramikfliesen, die ich gestern auch photographiert habe. Du nimmst meinen Arm, als wir zum letzten Mal auf den Platz treten, und sagst, das Geld ist gekommen, ich fühle es.

Wir gehen langsam zum Banco Nationale. Es ist noch früh. Nachdem wir dort nachgefragt haben, werden wir zu unserem Zimmer zurückkehren, es gibt ja sonst nichts.

Das Geld ist eingetroffen. Du redest mit dem Schalterbeamten darüber. Du scheinst unsicher, trittst von einem Fuß auf den anderen, während du dich gegen den Schalter lehnst und ihm zusiehst, wie er auf der Rückseite einer Zigarettenschachtel den Wechselkurs ausrechnet. Ihr beide steckt die Köpfe zusammen. Du schaust mich unsicher an und holst aus deiner Handtasche eine Sonnenbrille hervor. Unter deinen zahlreichen kleinen Besitztümern stellt sie eine Überraschung für mich dar. Ich habe gedacht, ich könnte deine Besitztümer aufzählen, und habe eines Nachts in Gedanken eine Liste davon erstellt. Man nennt das Kims Spiel, glaube ich, obwohl ich keine Ahnung habe, warum.

Es ist kühl und still in der Bank. Du flüsterst mit dem Schalterbeamten in seiner Sprache. Die übrigen Bankangestellten sitzen hemdsärmelig an ihren Tischen und sehen zu. Bisweilen sagen sie etwas. Ein dünngesichtiger Angestellter richtet eine Frage an mich. Ich zucke mit den Schultern und deute auf dich. Alle lachen, und ich zünde mir eine Zigarette an.

Ich habe kein Vertrauen in das Geld oder seine Macht, uns über die Grenze zurückzubringen. Später am Nachmittag fährt ein Bus.

Ich bitte dich, den Schalterbeamten nach dem Krieg jenseits der Grenze zu fragen. Du lehnst dich zu ihm hinüber, wirfst dabei hinter dem Schalter die Beine hoch, während du dich aufstützt. Er antwortet ernst, nimmt seine starke Brille ab und wischt sich den Schweiß von seinem schlecht rasierten Gesicht. Ich bemerke, daß er eine kleine Zecke in seiner Wange hat. Er macht den Eindruck eines Akademikers, der ein verwickeltes Problem diskutiert. Als er fertig ist, setzt er seine Brille wieder auf und macht sich wieder an seine Berechnungen.

Du sagst nichts.

Ich frage dich. Die Angst kehrt zurück – ich kann mir auf dein Verhalten keinen Reim machen. Ich mache mir keine Sorgen wegen des Verlaufs des Krieges, auch nicht wegen des Geldes. Ich berühre dein Fleisch, wo es ganz zart ist, über dem Ellbogen, und du zuckst leicht zusammen. Ich frage dich, was er gesagt hat.

Du sagst, er sagt, es ist alles in Ordnung . . . er hat im Radio gehört, daß alles in Ordnung ist.

Und Timoshenko? frage ich dich. Der Angestellte blickt auf, als er die Worte hört, arbeitet aber sofort wieder weiter. Mein Finger spielt mit dem Stoff deiner Bluse, wo sie an deinem Arm klebt. Und Timoshenko?

Du sagst, Timoshenko geht es gut . . . die Operation verlief erfolgreich.

. . .

Hat er das gesagt?

Nein, ich habe es heute morgen gelesen . . . in der Zeitung . . . Ich wollte es dir sagen. Du schaust auf deinen Fuß in der staubigen Sandale und kratzt dich an deiner nackten Wade. Ich bemerke jetzt erst, wie du dich derart an deiner nackten Wade kratzt. Ich frage mich, wie man zu so einer Gewohnheit kommt. Auf deinem Bein sind viele kleine rote Kratzer. Du sagst, Timoshenko geht es gut.

Ich gehe ans Fenster und schaue hinüber zu unserem Hotel. Ein paar kleine Jungen prügeln sich auf dem Balkon unseres Zimmers.

Ich gehe zum Schalter zurück und lehne mich dagegen, als sei er ein Tresen und ich in einem Western. Ich lehne mich zurück, die Ellbogen auf den Tresen gestützt, und schaue dich von der Seite an. Ich sage, frag ihn wegen der Grenze, ob sie uns hinüberlassen.

Das weiß er doch nicht.

Ich weiß, sage ich, es spielt keine Rolle.

Vorher

In Villa Franca warst du im Banco Nationale, als ich dich traf. Du hast dieselbe Bluse getragen und mich gefragt, ob es mir etwas ausmacht, wenn du dich mir anschließt. Ich habe gesagt, ich würde mich darüber freuen. Deine Augen waren sanft und grau, schienen weise und freundlich. Du hattest, wie es schien, in London weniger als einen Block von mir entfernt gewohnt. Es war schwierig, zu bestimmen, wann das war, du bist offenbar sehr oft umgezogen.

Du hast gesagt, Sie sehen nicht so aus, als arbeiteten Sie für eine Versicherung. Und ich bin mir nicht ganz sicher gewesen, wie du das gemeint hast.

Grenze

Ich stelle mich auf Jorge ein, während der Bus die gewundene Bergstraße entlang auf die Grenze zukeucht. Er ist voller alter Frauen und hält ständig, um sie abzusetzen. Es sind auch ein paar Männer darin, die flache Hüte, schwere Bauernstiefel und schwarze Schirme tragen. Die Hitze ist überwältigend. Du starrst aus dem Fenster und sagst nichts. Wir haben nicht über die Grenze oder das, was sie vielleicht mit sich bringt, gesprochen. Ich glaube nicht an den Krieg oder an Timoshenko.

Der Grenzposten liegt an einer Schlucht in den Bergen. Er besteht aus einer kleinen Holzbrücke und zwei Gebäuden, die wie Tankstellen aussehen. Bei der Brücke stehen Soldaten mit Maschinengewehren, die lässig von ihren schlaffen Schultern baumeln. Einer kickt einen Stein. Eine Frau und ein Kind sitzen im Staub neben der Treppe des Zollhäuschens. Die Frau wedelt mit einer Zeitung die Fliegen von ihrem Gesicht. Das Kind sitzt regungslos da und starrt mit schläfrigem Interesse auf den Bus.

Mittlerweile sind wir im Bus nur noch zu sechst. Drei Männer mit flachen Hüten und schwarzen Schirmen und eine alte Frau, die zwei Hühner an den Beinen trägt, eines in jeder Hand. Die Hühner scheinen zu schlafen.

Wir sind schon einmal hier gewesen. Letzten Sonntag. Wir warten auf Jorge und die Fortsetzung seines kleinen Scherzes. Du sitzt neben mir im Bus und drückst dich ans Fenster, allein mit deinem Spiegelbild im staubigen, mit Fliegendreck übersäten Glas. Ich sage, es ist in Ordnung. Du sagst, ja, es ist in Ordnung. Du versteckst deine Augen hinter einer Sonnenbrille, und ich sehe nur mein eigenes Gesicht, das mich fragend anstarrt.

In der Zollhütte bilden wir eine Reihe. Es gibt eine Auseinandersetzung wegen der Hühner, und eines wird beschlagnahmt. Ein Soldat bindet seine Füße unten an einem alten Hutständer fest, an dem schwer ein Maschinengewehr hängt.

Jorge steht an der Spitze der Reihe und schaut an ihr entlang wie ein Feldwebel. Er winkt uns zu und watschelt heran, eine Reitgerte unter den fetten, angewinkelten Arm geklemmt. Die Reitgerte verrät seine Vorbilder, sieht jedoch lächerlich und irgendwie obszön aus. Er hat zwei abgebrochene Zähne, die sich offenbar in einem fortgeschrittenen Stadium des Verfalls befinden.

Du sprichst mit ihm, und er schaut die ganze Zeit zu mir herüber. Schließlich wendest du dich zu mir und sagst, er sagt, es ist in Ordnung ... der Krieg war nichts ... ein Zwischenfall ... das gibt es hier oft.

Du siehst nicht glücklich aus. Deine Stirn ist so gerunzelt, daß ich mich danach sehne, sie mit der Handfläche glattzustreichen.

Ich schüttle Jorge die Hand. Sofort tut es mir leid. Das Huhn läuft Gefahr, den Hutständer umzukippen. Der Soldat nimmt das Maschinengewehr herunter und legt es auf den Schalter.

Nachher

Der Bus durchquert den flachen grauen Granit, während sich die Dämmerung herabsenkt. Hohe Felsen überragen die düstere Erdoberfläche. Es gibt keine Bäume, nur ein paar Schafe, die die Straße dem Land zu beiden Seiten vorziehen, vielleicht weil sie glatter ist. Es ist kühler hier auf der anderen Seite der Grenze, auf dieser Seite der Berge.

Regen beginnt leicht gegen die Scheiben zu schlagen und malt feine Muster in den Staub. Ich öffne das Fenster, um den Regen zu riechen. Du runzelst schon wieder die Stirn. Ich halte meine Hand aus dem Fenster, bis sie naß ist, und lege dir dann meine Handfläche auf die Stirn.

Ich sage, warum runzelst du die Stirn?

Du sagst, weil ich dich liebe.

Ich sage, warum lächelst du?
Weil ich dich liebe.

Postscriptum

In Candalido frage ich dich nach dem ersten
Mal, als wir die Grenze überquerten, und warum
du getrennt von mir hinübergegangen bist.

Du sagst, es ist wegen der Unterwäsche, weil
sie das immer machen ... bei den kleinen Grenzposten ... die Unterwäsche herausnehmen.

Ich sage, warum sollte mir das etwas ausmachen?

Du sagst, sie war schmutzig.

Traumflug

1

Marie stand seinen Ideen vom Fliegen kritisch gegenüber. »Du bist wirklich in einem schlimmen Zustand deswegen.«

»Ich finde nicht, daß es ein schlimmer Zustand ist«, sagte er.

»Es ist eine fixe Idee«, sagte sie, »all das Gerede über das Fliegen und Vögel. Ich glaube, du bist einfach unglücklich und willst fliehen.«

Er lag auf dem Rücken am Strand und schaute einer Möwe zu, die sich vom Wind tragen ließ, sinkend, gleitend, Wendungen vollführend. »Ich finde, es wäre schön«, sagte er, »schau dir die Möwe an.«

Marie schloß die Augen. »Ich kenne sie doch«, sagte sie, »sie sind weiß und haben orangefarbene Schnäbel.« Sie schwieg einen Moment lang, »und orangefarbene Beine«, fügte sie hinzu. Später brach sie das Schweigen und sagte: »Wenn du fliegen könntest, würdest du etwas anderes tun wollen, zum Beispiel schwimmen.«

»Möwen können schwimmen«, sagte er.

»Nicht unter Wasser.«

»Sie können tauchen«, sagte er, »aber sie können nicht lange unten bleiben.«

»Das meine ich doch«, sagte sie, »sie können nicht lange unten bleiben. Sie können nicht unter Wasser schwimmen, nicht wie ein Fisch.«

»Nein«, sagte er, »das stimmt, sie sind nicht wie Fische.«

»Macht dich das nicht unglücklich?«

»Nein«, sagte er, »ich interessiere mich mehr fürs Fliegen.«

Sie drehte sich auf dem Sand um. »Du bist zum Verzweifeln«, sagte sie, »ich weiß, daß du nie glücklich sein wirst.«

»Ich wäre glücklich, wenn ich fliegen könnte.«

»Das ist nicht gerade sehr wahrscheinlich.«

»Es ist aber auch nicht unmöglich.«

»Nein«, seufzte sie, »unmöglich ist es wohl nicht.«

2

»Du weinst«, sagte sie.

»Nein, nicht wirklich.«

»Ich weiß, warum du weinst. Du weinst wegen deiner Frau.«

»Nein, ich glaube nicht, daß das stimmt.«

»Ich weiß genau, daß es stimmt.«

»Nein, wirklich.«

»Dann, weil du nicht fliegen kannst.«

»Nein.«

»Was ist es dann?«

»Es ist nichts«, sagte er, »ich habe nicht geweint.«

3

Nachdem sie miteinander geschlafen hatten, war sie immer noch unruhig. »Was ist es?« fragte sie ihn.

»Was ist was?«

»Das weißt du doch.«

»Nein, wirklich, ich weiß es nicht. Ich fühle mich wohl. Fühlst du dich wohl?«

»Ja, ich fühle mich wohl, aber wie steht's mit dir? Was ist es?«

»Mir geht's gut.«

»Du starrst so komisch an die Decke.«

»Ich liege auf dem Rücken. Ich starre an die Decke, weil ich auf dem Rücken liege.«

»Du denkst ans Fliegen«, sagte sie anklagend.

»Nein.«

»Doch. Ich weiß es genau. Ich weiß es immer, wenn du ans Fliegen denkst. Hör auf damit, bitte.«

»O.K.«, sagte er.

Später sagte sie, »Du hast daran gedacht, stimmt's? Sag ehrlich.«

»Nein«, sagte er, »ich glaube nicht.«

»Du machst mir Angst, wenn du ans Fliegen denkst. Versprich mir, daß du es nicht mehr tust.«

»Ich verspreche es«, sagte er.

4

»Was ist das?« fragte sie und schaute ihm über die Schulter.

»Das ist eine Wasserpumpe«, sagte er.

»Sie hat Flügel.«

»Nein, das sind keine Flügel. Das sind die Schaufeln des Rades. Sie fördern das Wasser. Es ist eine Wasserpumpe.«

»Ich glaube, es hat mit dem Fliegen zu tun«, sagte sie, »du hast mir versprochen, daß du es nicht mehr tun wirst.«

»Es ist eine Wasserpumpe«, sagte er, »wirklich.«

»Nun«, sagte sie, »jedenfalls sind überall auf dem Kohl kleine Eier. Ich bin reingekommen, um es dir zu sagen.«

5

Eine Zeitlang hatte keiner etwas vom Fliegen gesagt. Eines Abends trockneten sie das Geschirr ab, als Marie das Thema erneut zur Sprache brachte: »Wenn du etwas bauen würdest, worin man fliegen könnte«, sagte sie, »nur mal angenommen . . .«

»Ja«, sagte er.

»Also, nur mal angenommen, wieviel Leute hätten dann darin Platz?«

»Wir beide.«

»Es könnte mit uns beiden darin fliegen?«

»Natürlich.«

Sie sah glücklich aus und küßte ihn unvermittelt. Ihre Hände ließen Seifenschaumflocken in seinem Haar zurück. Dann wurde sie nachdenklich. »Wenn du es bauen würdest«, sagte sie, »wäre dann noch Platz für den Hund?«

»Ja«, sagte er, »das ließe sich machen. Ich hatte nicht daran gedacht, aber das ließe sich machen.«

»Es wäre nicht schwierig?«

»Nein. Es wäre einfach.«

»Das hört sich gut an«, sagte sie.

»Also«, sagte er, »wo willst du hin?«

Marie schnallte ihren Helm fest und nahm den Hund auf den Arm. »Ich weiß nicht«, sagte sie, »wo willst du hin?«

»Wohin du willst«, sagte er.

»Nun«, sagte sie, »ich hätte nichts dagegen, nach . . .« Sie hielt inne. »Ich bin egoistisch. Wo willst du hin?«

»Wohin du willst.«

»Nun«, sagte sie, »ich wollte schon immer mal nach Florenz.«

»In Ordnung«, sagte er.

Er schaute zum Himmel auf. Es war eine gute Nacht zum Fliegen.

Eine Windmühle im Westen

Der Soldat steht seit zwei Wochen auf der Grenze. Niemand ist gekommen. Der elektrisch geladene Zaun erstreckt sich über die Wüste, von Norden nach Süden, von Süden nach Norden, so weit das Auge reicht, ohne sich je zu krümmen oder seine Richtung zu ändern. Seine entfernten Abschnitte flimmern und verschwimmen in der Hitze. Erst in der Dämmerung nehmen sie ihre eigentliche Lage wieder ein. Mit Ausnahme des Durchlasses beim Posten des Soldaten verläuft der zehn Fuß hohe, elektrisch geladene Zaun ohne jede Lücke. Obwohl es vielleicht weiter oben an der Grenze, vielleicht zwanzig Meilen entfernt, noch einen Posten gibt, der diesem ähnelt oder genau gleicht. Vielleicht auch nicht. Vielleicht ist der Durchlaß bei diesem Posten der einzige Zugang, der einzige Ausgang – niemand hat es ihm gesagt. Niemand hat ihm irgend etwas gesagt, außer, daß er keine Fragen stellen soll. Der Offizier, der ihn instruiert hat, hat dem Soldaten nur gesagt, was man für nötig hielt: Daß das Gebiet im Westen als Vereinigte Staaten gelten könne, obwohl es das in

Wirklichkeit nicht war; daß das Gebiet östlich der Grenze als Australien gelten könne, was es auch war; daß niemand, mit Ausnahme von US-Militärpersonal im Besitz eines besonderen Passierscheins vom Südlichen Kommando, die Grenze an diesem Punkt überschreiten dürfe. Sie gaben ihm eine Photokopie eines alten Passierscheins mit einem zwei Jahre zurückliegenden Datum und fuhren ihn in einem Ford-Transporter zur Grenze hinaus. Das war alles.

In den Vereinigten Staaten hatte ihn niemand über die Grenze instruiert – ihre Existenz wurde nie erwähnt. Niemand hat ihm bisher gesagt, ob die Grenze Teil eines großen Kreises ist oder gerade verläuft; niemand hat sich je die Mühe gemacht, die tatsächliche Länge der Grenze mitzuteilen. Soviel der Soldat weiß, verläuft die Grenze also vielleicht quer durch Australien, von Norden nach Süden, das Land in zwei Hälften teilend. Und selbst wenn es so wäre, wüßte er nicht wo, wäre nicht in der Lage, den Verlauf der Grenze auf einer Karte anzugeben. Er ist zusammen mit zwei Köchen, fünf Jeeps und verschiedenen anderen Nachschubgütern aus den Vereinigten Staaten direkt zum Stützpunkt bei Yallamby geflogen worden. Nachdem sie gelandet waren, gab es keine Einweisung, keine Karten – er mußte fünfzehn Stunden warten, bevor ihn jemand abholen kam.

Soviel er weiß, kann diese Grenze also überall in Australien sein. Es ist sogar möglich, daß es zwei parallel verlaufende Grenzen gibt, oder vielleicht mehrere hundert, jeweils in Abständen von dreißig Meilen. Es ist sogar möglich, daß manche Grenzen besser sind als andere, daß nicht alle durch diese Wüste mit ihrer wimmernden Stille und dem Singen im Zaun verlaufen.

Die Straße kreuzt die Grenze ungefähr im rechten Winkel. Daß es nicht genau ein rechter Winkel ist, hat ihn zwei Wochen lang ziemlich irritiert. Während der ersten Woche war er nicht in der Lage festzustellen, was ihn irritierte, es war etwas Kleines und Hartes, wie ein Stein im Stiefel.

Die Asphaltstraße kreuzt die Grenze in einem Winkel, der sich kaum merklich von einem rechten Winkel unterscheidet. Er hat ihn auf annähernd siebenundachtzig Grad geschätzt. Einen Monat später werden die fehlenden drei Grad möglicherweise noch unerträglicher.

Der Soldat, der auf der doppelten weißen Linie steht, die längs der Straße verläuft, kickt einen kleinen roten Stein in die Wüste zurück.

Der Soldat sitzt im Wohnwagen, den Blick auf die staubigen Gläser seiner dunklen Brille gerichtet, den langen Körper in seinem Armstuhl zusammengerollt. Vor drei Wochen hat man ihm gesagt, er dürfe für persönliche Habseligkeiten eine Kiste von ganz bestimmten Ausmaßen mitbringen. Daraus hat er sich eine etwas verworrene Vorstellung darüber gebildet, was ihn erwartete. Er ist kein junger

Soldat, und da er sich an andere Zeiten in anderen Ländern erinnert hat, hat er einen Armstuhl aufgetrieben, der in die angegebenen Maße hineinpaßte. Den verbleibenden Raum hat er mit Zeitschriften, Krimis und einer Ausgabe der Bibel vollgepackt. Die Bibel ist ein nachträglicher Einfall gewesen. Damals war er darüber verwirrt, aber er hat seither nicht mehr an sie gedacht oder hineingesehen.

Als er den Kisteninhalt zusammenstellte, hatte er erwartet, daß er wegen des Armstuhls früher oder später eine Schlägerei auf dem Hals haben würde. Weil er ein Feldlager erwartet hatte. Aber es gab kein Feldlager, bloß diesen Wohnwagen auf der Grenze.

Der Soldat poliert und reinigt seine dunkle Brille, die in Dallas, Texas, auf Rezept angefertigt worden ist, und steht im Wohnwagen auf. Wie gewöhnlich stößt er sich den Kopf. Seine normalerweise schon gebeugte Körperhaltung ist wegen des Wohnwagens noch ausgeprägter, noch schutzsuchender geworden. Er hat sich so oft den Kopf angeschlagen, daß er inzwischen ein nicht mehr abheilendes Mal hat, das gerötet und schorfig ist, oben auf dem Kopf, genau da, wo sein Bürstenschnitt dünn und abgewetzt aussieht wie ein alter, sandiger Teppich.

Aber eigentlich ist es kein Wohnwagen, jedenfalls kein richtiger Wohnwagen. Er ähnelt einem Aluminiumsarg, einem Aluminiumsarg mit einer

besonderen Drehvorrichtung am Boden, die wie
der Sockel eines schweren Geschützes konstruiert
ist. Der Soldat hat keine Ahnung, warum jemand
ihn gerade so konstruieren sollte, aber er hat es
sich zunutze gemacht und den Wohnwagen so ge-
dreht, daß der Eingang auf der windabgewandten
Seite liegt. Die Aussicht ändern, so nennt er es, die
Aussicht ändern.

Egal wohin man die Tür dreht, die Aussicht ändert sich nicht. Das einzige, was sich ändert, ist,
wieviel Zaun man sieht. Weil es sonst nichts gibt −
keine Berge, kein Gras, nur eine Windmühle auf
der Westseite der Grenze. Der Unteroffizier, der
ihn im Ford hinausgefahren hat, hat gesagt, daß in
der Wüste einiges wächst, wenn es regnet. Der
Unteroffizier hat gesagt, daß es vor zwei Jahren
geregnet hat. Er hat gesagt, überall in der Wüste
seien kleine Blumen gewachsen, Blumen und Gras.

Ein- oder zweimal hat sich der Soldat zur Mühle
aufgemacht, eigentlich ohne Grund. Er ist nicht neugierig, wozu sie da ist − es ist wie mit der Straße,
sie irritiert ihn.

Er hat eine Menge Munition, zwei Handgrana-
ten und seinen Karabiner mitgenommen, und während er über die heiße steinige Wüste ging, hat er
den Wohnwagen und die Öffnung im Zaun, wo die
Straße hindurchgeht, im Auge behalten. Er ist von
Müdigkeit überwältigt worden, bevor er die Mühle
erreicht hatte, möglicherweise weil sie weiter entfernt lag, als es den Anschein hatte, möglicherwei-

se weil er gewußt hat, wie sie aussehen würde, wenn er sie erreichte.

Vorgestern ist er so nahe herangekommen, daß er sie hat klirren hören, ein eigentümlicher, metallischer Laut, der sich von der Windmühle über die Wüste hinweg zu ihm fortpflanzte. Niemand sonst auf der Welt hat dieses Klirren hören können. Er hat auf den Boden gespuckt und zugesehen, wie sein Speichel versickerte. Dann hat er ein paar Schüsse in Richtung der Windmühle abgefeuert, bloß halbautomatisches Feuer. Dann hat er sich umgedreht und ist langsam, mit einem Kribbeln im Nacken, zurückgegangen.

Im Wohnwagen hat das Thermometer 120 Grad Fahrenheit angezeigt, als er zurückgekehrt war.

Die Wände sind gut isoliert – ungefähr einen Fuß und drei Inches dick. Aber er hat das Bedürfnis, die Tür offen zu halten, und die Klimaanlage hat Mucken gekriegt und ist irgendwann ausgefallen. Er hat die Panne nicht gemeldet, denn er ist ja schließlich selber daran schuld. Und selbst wenn sie von Yallamby herauskämen und sie reparierten, würde er die Tür wieder offenlassen, und sie würde wieder kaputt gehen. Und es gäbe Auseinandersetzungen wegen der Tür.

Er braucht die Luft. Er hat das schon, seit er noch klein war, das Bedürfnis nach Luft, die von draußen kommt. Ohne frische Luft bekommt er Kopfschmerzen, und die Klimaanlage gibt keine frische Luft. Vielleicht sitzen die anderen Soldaten bei den anderen Posten entlang der Grenze drinnen und spähen durch ihre dicken Glasfenster, wenn überhaupt noch andere Soldaten da sind. Aber ihm ist das nicht möglich. Er hat eben gern Luft.

Er hat das Bedürfnis schon gehabt, als er noch ein Kind war, und das Bedürfnis ist nicht geringer geworden, so daß die Kämpfe, die er ausgefochten hat, damit Fenster offen bleiben, ihm mittlerweile, in seinem dreiundvierzigsten Lebensjahr, einen gewissen Ruhm eingebracht haben. Er ist groß und dünn und nicht gerade ein geborener Kämpfer, aber sein Bedürfnis nach Luft hat ihn gezwungen, kämpfen zu lernen. Er ist kein sauberer Kämpfer, und vielerorts würde man ihn hinterhältig nennen, aber er hat die Fähigkeit zu gewinnen, und das ist alles, was er je gebraucht hat.

Bald wird er hinausgehen und sich noch einen Eimer Skorpione holen. Die Methode ist äußerst simpel. Im Abstand von zwei bis drei Inches sind überall in der Wüste Löcher im Boden. Wenn man Wasser in diese Löcher schüttet, kommen die Skorpione heraus. Es amüsiert ihn, sich vorzustellen, daß sie zum Trinken herauskommen. Er lacht still in sich hinein und spricht mit den Skorpionen, wenn sie auftauchen. Wenn sie herauskommen, löffelt er sie mit einem Kaffeebecher auf und kippt sie in den blauen Eimer. Später gießt er kochendes

Wasser aus dem artesischen Brunnen über sie. So füllt er einen Eimer mit Skorpionen.

Nördlich der Straße hat er ein grobes Netz markiert. Jedes Quadrat dieses Netzes (seine Schnittpunkte sind durch leere Flaschen und Bierdosen markiert) enthält schätzungsweise annähernd einen Eimer Skorpione. Sein Plan, ein ganz neuer Plan, den er erst gestern gefaßt hat, besteht darin, für jeden Tag, den er hier ist, die Wüste von einem Eimer voll zu säubern. Zum jetzigen Zeitpunkt kann ein Quadrat als frei von Skorpionen angesehen werden.

Der Soldat, der die ganze Zeit in seinem Armstuhl gesessen hat, zieht seine schweren Stiefel an und macht sich auf die Suche nach dem Eimer von gestern. Das Licht außerhalb des Wohnwagens blendet ziemlich, und trotz der Sonnenbrille muß er seine Augen mit der Hand beschatten. Das blendende Licht kommt hauptsächlich von dem Aluminiumwohnwagen. Alles sieht aus wie eines dieser Farbphotos, die er in Washington gemacht hat, überbelichtet und ausgebleicht.

Der blaue Eimer ist da, wo er ihn letzte Nacht hingestellt hat, neben dem Generator. Da der Generator die Klimaanlage nicht mehr versorgen muß, ist er ruhig, beinahe still geworden.

Er nimmt den blauen Eimer, der einmal Erdbeermarmelade enthalten hat, und leert eine weiche, schwarze Masse von Skorpionen auf die Straße, genau in die Mitte, über die doppelte weiße Linie.

In zwei Wochen wird er fünfzehn saubere Häufchen genau entlang der Mitte der Straße haben. Wenn man zwei Eimer voll am Tag schaffen könnte, wären es dreißig. Wenn er wirklich Interesse daran bekäme und hart daran arbeiten würde, könnte er vielleicht mehrere hundert Eimer voll Skorpione entlang der doppelten Linie aneinanderreihen. Aber früher oder später wird man ihn von seinem Posten ablösen oder der Nachschubwagen wird vorbeikommen, und dann wird er die Skorpione beseitigen müssen, bevor der Lastwagen die Stelle erreicht.

Er geht langsam, seine Stiefel schlurfen über die Straße, der blaue Eimer schlägt sanft gegen sein langes Bein, und er betritt den Wohnwagen, wo er nach einem Kaffeebecher zu suchen beginnt. Bald wird er hinausgehen und sich noch einen Eimer Skorpione holen.

Die Sonne steht jetzt niedrig, und alles wird ruhiger, oder vielleicht erweckt auch nur der Wind, der neue Wind, den Eindruck von Ruhe, obwohl er tatsächlich lauter ist. Der Sand, der auf dem harten, felsigen Untergrund der Wüste liegt, wird in plötzlichen Böen und Stößen aufgewirbelt. Von Zeit zu Zeit hüllt ihn einer dieser kleinen Stürme ein und sticht Gesicht und Arme. Aber trotz all der Geräusche von Sand und Wind kommt es ihm vor, als sei da überhaupt kein Geräusch.

Er steht mitten auf der Straße, mit hängenden Schultern, einen *Playboy* in der Hand, und starrt die

Straße entlang, so weit er sehen kann. Irgendwo draußen am westlichen Horizont kann er irgendein Tier ausmachen, das die Straße überquert. Es ist kein Känguruh. Es ist irgend etwas anderes, aber er weiß nicht genau, was.

Er starrt nach Westen, über die Windmühle hinaus, betrachtet den langsam sich verdunkelnden Himmel. Ohne die Beine von der Stelle zu bewegen, dreht er Oberkörper und Kopf, um zuzusehen, wie die Sonne am östlichen Himmel langsam untergeht.

Er bückt sich ein wenig, beugt sich gerade so weit vor, daß er den *Playboy* vorsichtig auf die Straße legen kann. Während er langsam zum Wohnwagen geht, schaut er noch einmal zur Windmühle, die allmählich am dunklen westlichen Himmel verschwindet.

Der Karabiner liegt auf seiner Koje. Er führt ein frisches Magazin ein und kehrt zu seinem Platz auf der Straße zurück, seine Füße bewegen sich gemächlich, ohne Eile, über den Sand. Das Geräusch seiner Stiefel erinnert ihn an zahllose Paraden. Er stellt den Karabiner auf automatisches Feuer, und nachdem er ihn locker in Anschlag gebracht hat, leert er das ganze Magazin auf die Sonne, die immer noch im Osten untergeht

Er liegt in der heißen Dunkelheit auf der Koje, hat nur seine Shorts und ein Paar weicher weißer Socken an. Er hat immer einen Vorrat dieser Sokken bei sich, eine bestimmte Sorte, die er bei Fish & Degenhardt in Dallas kauft, dicke weiße Socken mit dichtem Frottée in der Sohle, um den Schweiß aufzusaugen. Er hat vor drei Wochen ein Dutzend Paare bei Fish & Degenhardt gekauft. Das Paar kostet vier Dollar zwanzig.

Er liegt auf der Koje und lauscht dem Wind im Zaun.

Es gibt da einiges, worüber er sich klarwerden muß, aber im Moment würde er es vorziehen, nicht daran zu denken. Er möchte lieber nicht über Osten oder Westen nachdenken. Was Osten und was Westen ist, ließe sich rasch und leicht feststellen. Auf dem Regal über seinem Kopf liegt ein Armeekompass. Er könnte jetzt hinausgehen, eine Taschenlampe mitnehmen und es klären.

Aber er ist jetzt unsicher, ob er vielleicht etwas mißverstanden hat. Vielleicht muß das Gebiet im geographischen Osten als Vereinigte Staaten gelten, und das Gebiet im Westen als australisch. Oder vielleicht ist es doch so, wie er es im Gedächtnis hat: der Westen ist Vereinigte Staaten und der Osten australisch; vielleicht ist es so, und er hat einfach falsch verstanden, was Osten und was Westen ist. Er ist sicher gewesen, daß die Windmühle in den Vereinigten Staaten liegt. Er meint, sich zu erinnern, daß der Unteroffizier einen Witz darüber gemacht hat, aber es ist möglich, daß er den Witz falsch verstanden hat.

Es gibt auch noch eine andere Möglichkeit, was

den Sonnenuntergang im Osten angeht. Von Zeit zu Zeit schleicht sie sich in seine Gedanken, und er versucht sie abzublocken, indem er sich die Ohren zuhält.

Man hat ihn angewiesen, Eindringlinge draußen zu halten, aber er ist sich nicht mehr darüber im klaren, was »draußen« eigentlich bedeutet. Wenn sie sich die Mühe gemacht hätten, ihn zu informieren, was »drinnen« liegt, wäre er vielleicht imstande, die Bedeutung seiner Stellung zu ermessen. Er überlegt sich, beim Stützpunkt anzurufen und zu fragen, schlägt sich das aber sofort aus dem Kopf, denn schon beim bloßen Gedanken röten sich sein Nacken und seine Ohren.

Es ist heiß, sehr heiß. Er versucht, im Dunkeln die Nackte im *Playboy* zu erkennen, indem er den Kopf vom Kissen hochreckt. Er läßt seine trockenen Finger über das Glanzpapier gleiten und denkt über die Grenze nach. Wenn sie ihm nur gesagt hätten, ob sie Teil eines Kreises oder eines Rechtecks ist, oder was sie sonst für eine Form hat. Irgendwie würde das helfen. Es wäre nicht so schlimm, wenn er nur die Form kennen würde.

Jetzt, in der Dunkelheit, ist es bloß eine Grenze, die sich über die Wüste erstreckt, so weit er in Gedanken sehen kann. Er zieht die Knie an den Bauch, umklammert seine weißen Socken mit seinen großen trockenen Händen und dreht sich auf die Seite.

Draußen scheint der Wind sich gelegt zu haben.

Manchmal meint er das Klirren der Windmühle zu hören.

Der Wecker schrillt um 4 Uhr 30 morgens, und obwohl er sofort erwacht, ist sein Kopf noch voller unentwirrter Träume. Er mag sich nicht an diese Träume erinnern. Ein langer Seidenfaden entspann sich seinem Nabel, und er, der Spinner, konnte dem Spinnen keinen Einhalt gebieten. Er kann immer noch die Leere in seinem Magen schmecken. Es ist nicht die Leere des Hungers, sondern mehr, als habe die Seide ihm etwas Kostbares weggenommen.

Er fuhrwerkt im Dunkeln im Wohnwagen herum. Er will das Licht nicht anmachen. Er hat es auch letzte Nacht nicht angemacht. Er fühlt sich im Dunkeln wohler. Er verschüttet eine Flasche Insektenschutzmittel, findet daneben aber den Kaffee. Mit seinem Feuerzeug zündet er den Gaskocher an.

Er könnte nach draußen gehen, wenn er wollte, und aus dem artesischen Brunnen kochendes Wasser holen, aber es macht ihm Freude, es selbst zum Kochen zu bringen. Es macht ein kleines, freundliches Geräusch im Wohnwagen, der normalerweise so abgeschottet und ruhig ist wie ein Zimmer in einem teuren Hotel.

Es wird bald hell werden. Die Sonne wird aufgehen, aber daran denkt er nicht, nicht an die Sonne, an die Grenze, was die Grenze teilt, umgibt oder umschließt, an nichts als an das Geräusch kochenden Wassers. Die blaue Flamme des Kochers wirft flackerndes Licht auf die Krater und Mulden seines Gesichts. Er sieht sein Gesicht im Rasierspiegel, wie die Oberfläche eines Planeten, eine Photographie der Mondoberfläche in der Zeitschrift *Life*. Es ist ihm fremd und unbekannt. Er reibt es mit den Händen, mehr um das Spiegelbild zu verdecken als um seine Strukturen zu spüren.

Der Kaffee ist jetzt fertig, und während er abkühlt, zieht der Soldat sich an. Aus irgendeinem Grund zieht er seine Ausgehuniform an. Nur zur Abwechslung, sagt er sich. Die Uniform ist sauber und gebügelt, liegt unten in seinem Seesack. Sie ist in Dallas, Texas, gebügelt worden und riecht noch nach amerikanischer Wäschestärke und dem sauberen Dampf jener großen heißen Wäschereien mit ihren Bügelmaschinen.

Inmitten der Wüste mutet ihn der Geruch wie ein alter Schnappschuß an. Er lächelt leicht überrascht, als er die Uniform anzieht.

Er steht mitten auf der Straße. Es ist noch kalt, und er stampft auf und ab, während er dorthin schaut, wo der Horizont ist. Er kann nichts erkennen, nichts als Sterne, Sterne, mit denen er nicht vertraut ist. Er hat sie sich ohnehin nie merken können, nie behalten, was der Bär und was der Stier ist, und sie hat ihn nie beeinträchtigt, diese Unkenntnis.

Er steht mitten auf der Straße und dreht langsam den Kopf, sucht den undeutlich erkennbaren Horizont ab. Früher oder später wird ein Fleck auftauchen, der heller ist als alle anderen, als ob eine kleine Stadt knapp über dem Rand erschienen sei, eine Stadt, in der die Lichter brennen. Dann wird er größer werden, und dann wird er heiß werden, und davor wird er eine der Fragen nach Osten und Westen geklärt haben.

Er wendet sich nach Osten. Er schaut die Straße hinunter in die Richtung, die er zwei Wochen lang als Osten gekannt hat, zwei Wochen, bis er so verrückt war, sich den Sonnenuntergang anzuschauen. Jetzt schaut er lange Zeit. Er steht still, die Hände wie gefesselt hinter dem Rücken, und fühlt ein Prikkeln hinten über seinen Nacken laufen.

Er steht auf der Straße, die Beine über der doppelten weißen Linie gespreizt, in der Rührt-euch-Stellung. Dort bleibt er stehen, bis ein eindeutiger Schatten vor ihn geworfen wird. Es ist sein eigener Schatten, lang und dünn, der sich über die Straße legt, von der Sonne geworfen, die im »Westen« aufgeht. Er dreht sich langsam, um die Windmühle zu betrachten, deren Silhouette sich gegen den klaren Morgenhimmel abhebt.

Es ist ein wenig später, vielleicht fünf Minuten, vielleicht dreißig, als er das kleine Flugzeug bemerkt. Es kommt von »Norden«, direkt über dem Zaun und sehr niedrig. Ihm fällt ein, daß das Flugzeug zu niedrig fliegt, um vom Radar erfaßt werden zu können, aber er ist nicht beunruhigt. Aller Wahrscheinlichkeit nach ist es eine Inspektionstour, eine Routineüberprüfung, oder sogar ein Nachschubflug. Das Flugzeug ist bei den anderen Posten oben im »Norden«, ein Stück weiter entlang der Grenze, gewesen.

Erst als das Flugzeug schon sehr nahe ist, erkennt er, daß es ein ziviles ist. Dann ist es über ihm, über dem Wohnwagen, und er kann die zivile Registriernummer sehen. Als es wendet und zur Landung anfliegt, rennt er aus Leibeskräften zum Wohnwagen und zu seinem Karabiner. Er stopft sich die Taschen mit Magazinen voll und tritt heraus, als das Flugzeug einige zehn Yards vom Wohnwagen entfernt zum Stehen kommt.

Was jetzt folgt, nimmt er wie aus der Entfernung wahr. Als beobachte er selbst seine Handlungen. In Kalifornien ist er einmal in einen Autounfall verwickelt gewesen, als auf dem Highway sein Reifen platzte. Er erinnert sich noch daran, wie er sich selbst beobachtet hat, als er sich abmühte, das Auto unter Kontrolle zu bringen, er hat sich ziemlich ruhig beobachtet, ohne Angst.

Jetzt winkt er den Piloten aus dem Flugzeug und gibt ihm zu verstehen, daß er mit den Händen über dem Kopf beim Flügel stehenbleiben soll. An den Dienst in fremden Ländern gewöhnt, braucht er dazu nicht die englische Sprache. Er grunzt auf eine ganz bestimmte Art, winkt und wedelt mit dem Karabiner, um den Lauten Bedeutung zu geben. Der Pilot redet, aber der Soldat hat nicht das Bedürfnis zuzuhören.

Der Pilot ist ein Mann mittleren Alters mit dickem Bauch. Er ist weiß gekleidet: Shorts, Hemd und Socken. Er hat die braunen Schuhe und die weiße Haut eines Städters. Er wirkt besorgt. Der Soldat läßt sich davon nicht beeindrucken. Er fragt den Piloten, was er will, spricht einfaches Englisch, leichtverständliche Worte.

Der Mann antwortet hastig, erklärt, daß er sich verflogen hat und daß ihm fast das Benzin ausgegangen ist. Er ist auf dem Weg zu einer Missionsstation, einem Ort, den zu erfahren dem Soldaten völlig gleichgültig ist – er würde ihm nichts sagen.

Dann macht der Soldat Zeichen, daß der Pilot sich in den Schatten unter dem Flügel setzen darf. Der Pilot scheint zu zögern, denkt vielleicht an seine weiße Kleidung, aber nachdem er den Soldaten angesehen hat, setzt er sich unbeholfen unter den Flügel, wo er sich seltsam zusammenkauert.

Dann erklärt der Soldat, daß er telephonieren wird. Er erklärt außerdem, daß der Mann, sollte er versuchen, sich zu bewegen oder zu fliehen, erschossen wird.

Er wählt die Nummer die er noch nie gewählt hat. Im Augenblick des Wählens stellt er fest, daß er unsicher ist, womit ihn das Telephon verbindet: mit dem Stützpunkt bei Yallamby, der »draußen« liegt, oder mit »drinnen«, was auch immer es ist.

Der Hörer wird abgenommen. Es ist ein Offizier, ein Major, von dem er noch nie gehört hat. Er erklärt dem Major die Situation, und dieser fragt ihn genauer nach der benötigten Treibstoffsorte. Der Soldat geht hinaus und erhält die Information, kehrt dann zu dem Major ans Telephon zurück.

Bevor der Major auflegt, fragt er, auf welcher Seite des Zauns er stehe?

Der Soldat antwortet, draußen.

Es vergehen zwei Stunden, bis der Lastwagen kommt. Er wird von einem Hauptmann gefahren. Das ist seltsam, aber es überrascht den Soldaten nicht. Es enttäuscht ihn jedoch, denn er hatte gehofft, ein paar Fragen hinsichtlich »draußen« und »drinnen« klären zu können. Jetzt wird es unmöglich sein, sie zu klären.

Man wechselt nur wenige Worte. Der Hauptmann und der Soldat laden einige Fässer und eine Handpumpe ab. Der Hauptmann tadelt den Soldaten, weil er es gegenüber dem Piloten an Höflichkeit hat fehlen lassen. Der Soldat salutiert.

Der Hauptmann und der Pilot wechseln einige Worte, während der Soldat die Ladeklappe des Lastwagens befestigt – der Pilot stellt anscheinend Fragen, aber es ist unmöglich zu hören, was er fragt oder was er zur Antwort bekommt.

Der Hauptmann wendet den Lastwagen, fährt von der Straße herunter über das Skorpionnetz und kehrt zurück, woher er auch immer gekommen ist.

Der Pilot winkt aus dem offenen Cockpit. Der Soldat gibt seinen Gruß zurück, winkt langsam von seinem Standort neben der Straße aus. Der Pilot läßt den Motor aufheulen und rollt die Straße entlang, dann wendet er, startbereit.

In diesem Augenblick fällt dem Soldaten ein, daß der Mann vielleicht im Begriff steht, das »Drinnen«, das, was Vereinigte Staaten ist, zu überfliegen. Es ist seine Aufgabe, das zu verhindern. Er versucht, den Mann herunterzuwinken, aber der scheint mit anderen Sachen beschäftigt oder mißversteht das Winken. Das Flugzeug beschleunigt jetzt und kommt auf den Soldaten zu. Er läuft ihm winkend entgegen.

Es ist unmöglich zu wissen, was »drinnen« ist. Es wäre unmöglich gewesen, einen Hauptmann zu fragen. Dafür hätten sie ihn vor ein Militärgericht stellen können.

Er steht neben der Straße, als das kleine Flugzeug auf ihn zukommt. Es ist vielleicht sechs Fuß über der Straße, als er seinen Karabiner in Anschlag bringt und schießt. Die Flügel neigen sich leicht nach links, dann nach rechts. In dem als »Westen« bekannten Abschnitt kippt das Flugzeug auf den linken Flügel, schlingert und explodiert in einem plötzlichen Ausbruch von Feuer und Rauch.

Der Soldat, der jetzt mitten auf der Straße steht, sieht zu, wie es brennt.

Er hat Hacke, Pickel und Schaufel. Er schlägt

flach, was er kann, und bricht die Gliedmaßen, die sich brechen lassen. Dann beginnt er ein Loch zu schaufeln, worin er die Überreste des Flugzeugs vergraben will. Der Boden ist hart, besteht hauptsächlich aus Fels. Er wird ein großes Loch brauchen. Seine Uniform, seine Ausgehuniform, ist schwarzfleckig und schmutzig geworden. Er gräbt unaufhörlich, seine Finger und Hände bluten und sind voller Blasen. Es gibt viele Skorpione. Er kann sich nicht mit ihnen befassen, dazu ist keine Zeit. Er sagt ihnen, dazu ist jetzt keine Zeit.

Es ist heiß, sehr heiß.

Er gräbt, vor Erschöpfung leise weinend.

Während er gräbt, meint er bisweilen das Klirren der Windmühle zu hören. Er weint leise und fragt sich, ob die Windmühle ihn möglicherweise hören kann.

Entzug

1

Der vordere Raum von Eddie Rayners Laden gleicht vielen anderen Läden in der High Street. Samstags ist er belebt und während der übrigen Woche ruhig. Die Läden um ihn herum verkaufen das gleiche, was er verkauft: abgebeizte Kiefernmöbel, Korbstühle, alte Reklameschilder, blaues und weißes Porzellan und allerlei Krimskrams, wie zum Beispiel Butterfässer und farbige Glasfenster. Die Preise sind hoch, und die Arbeit ist nicht allzu hart. Werktags stehen die Altwarenhändler auf der Straße und plaudern über Preise und die Stücke, die sie bei Auktionen aufgetrieben haben.

Eddie ist bei diesen kleinen Zusammenkünften nicht mehr willkommen. Es ist wegen des Hinterzimmers. Über Eddies Hinterzimmer werden viele Geschichten erzählt. Es sind alles Vermutungen, denn Eddie hat noch nie einen von den anderen Händlern eingeladen, es zu besichtigen. Eine kürzlich im vorderen Raum eröffnete Ausstellung hat jedoch eine neue Flut von Geschichten ausgelöst, die schockierender sind als alles zuvor. Sechzehn Photographien der Leichen von Mordopfern, auf Linoleum, Teppich, Pflasterstein liegend, umgeben von so alltäglichen Gegenständen wie Kinderspielzeug, Polizistenschuhen und alten Zigarettenpäckchen. Die Photographien haben etwas ganz Normales an sich, das sie um so schockierender macht. Diese neue Offenbarung Eddies hat seine Nachbarn wieder in seinen Laden gelockt. Was sie gesehen haben, hat ihnen nicht gefallen.

Auch schon vor diesem jüngsten Ereignis war er ihnen immer irgendwie ein Stein des Anstoßes. Sie tratschen über seine Frauen, spekulieren über seine Männerbekanntschaften, sie schütteln den Kopf über den Zustand seines Porsche, der mittlerweile so verbeult und rostig ist, daß man ihn kaum noch als solchen erkennt. Und sie machen sich Gedanken über die Kunden, einige davon sehr berühmt und sehr reich, die Eddies Hinterzimmer aufsuchen und mit undefinierbaren Artikeln wieder verlassen, die sie, in Bierkartons verborgen oder in Zeitungspapier eingeschlagen, mit sich tragen.

Altwarenhändler sind von Natur aus neidisch und gehässig gegeneinander, aber Eddie Rayner fungierte für die in der High Street irgendwie als einigender Faktor. Sie sagten, er bezahle zuviel auf Auktionen, seine Preise seien zu hoch oder zu niedrig, sein Geschmack sei veraltet, er verstehe nichts vom Geschäft, er bekomme gestohlene Waren, er sei ein Homosexueller, er habe mit Hexerei zu tun. Alles Symbole, durch die sie versuchten, das, was das Hinterzimmer enthielt, irgendwie zu konkretisieren.

Als Eddie die Photos von Mordopfern ausstellte, hielten sie eine Versammlung ab und beschlossen, eine Abordnung zu ihm zu schicken, die ihn auffordern sollte, die Photographien sofort zu entfernen. Eddie empfing die Abordnung mit seinem coolen, bekifften, schönen Lächeln und ließ die Photographien genau da, wo sie waren.

Wütend schrieben sie ihm einen sehr formellen Brief, worin sie ihre Forderung in bestimmterer Sprache wiederholten. Eddie ließ den Brief rahmen und hängte ihn ins Schaufenster.

Es war, wie Eddie jeden Tag sagte, ein sehr interessanter Sommer.

Es war ein schrecklicher Sommer. Brände umgaben die Stadt, loderten wild um die äußeren Vororte. Nachts glühte der Horizont hellrot, als werde die Stadt auf einer unvorstellbar heißen Platte gebraten. Der Nordwind trieb das Feuer in die Straßen der Vororte, wo das Tosen der Flammen von den aufgeregten Männern der Radiostationen eingefangen wurde, und der gleiche Nordwind trug Asche und noch glimmende Blätter heran, die die High Street hinunter, an Eddies Laden vorbei, die Caroline Street hinunter und an seiner Wohnung vorbei trieben.

Es war Eddies Sommer. Nicht der Sommer weißer Strände und gebräunter Körper, sondern der

Sommer verbrannter Häuser und geschwärzter Körper, ein Sommer, von dem man glauben konnte, er sei der Anfang vom Ende der Welt. Nachts saß Eddie mit Daphne auf dem Balkon, rauchte Gras, betrachtete das rote Glühen am Himmel und war so ergriffen wie selten zuvor beim Erleben der Natur.

2

Eddie wartet in der Unfallambulanz im Alfred Hospital. Er wartet auf einen Assistenzarzt namens Dean Da Silva. Er tritt verlegen von einem Fuß auf den anderen, groß und dünn und einsam wie ein Leuchtturm.

Er ist unsicher, ob es gut war herzukommen. Es ist möglicherweise gefährlich, es ist ganz sicher unbesonnen. Jetzt, da die inquisitorischen Kaninchenaugen des Angestellten an der Aufnahme ihm stumme Fragen stellen, hat er das Gefühl, daß es ganz sicher ein schlechter Schachzug war.

Wieder setzt er sich auf die Kunststoffbank, neben die weinende Frau, die unaufhörlich dicke Tränen auf eine alte Ausgabe der *Time* fallen läßt. Er kann sehen, wie der kaninchenäugige Angestellte zu einer Schwester etwas über ihn sagt. Die Schwester hat einen großen Hintern und eine kleine Nase. Sie zieht die Nase kraus, und Eddie wirft ihr seinen unheimlichsten anzüglichen Blick zu. Er ist ein Meister dieses besonderen Blicks, und die Schwester wendet die Augen ab und flüstert dem Angestellten irgend etwas Ängstliches ins Ohr, und der wartet einige Sekunden, bevor er wieder aufblickt.

Eddie Rayner hat ein Gesicht wie Captain Hook in der Walt Disney-Version von *Peter Pan & Wendy*. Seine Unterlippe springt ein wenig vor, nicht so sehr, daß er dumm aussieht, doch gerade genug, um ihn irgendwie verkommen aussehen zu lassen. Er schmückt dieses bemerkenswerte Gesicht mit den Kennzeichen seiner Kaste: Brille mit Drahtgestell, dünner, hängender Schnurrbart, der in parallelen Linien sein langes Kinn hinunterläuft, und schulterlanges Haar von unbestimmter Farbe.

Sein eigentliches Gesicht ist jedoch sein Körper. Beine, so lang und dünn und eng in straffen Samt gezwängt, daß er etwas Spinnenhaftes an sich hat. Es ist ein Effekt, dessen er sich durchaus bewußt ist. Jetzt steht er auf und tritt wieder von einem Bein auf das andere, zu einer unhörbaren sinnlichen Melodie tänzelnd, während er unsicher auf Dean Da Silva wartet, den er noch nie zuvor getroffen hat. Dean Da Silva will ihm eine abgetrennte Hand verkaufen, oder, korrekter gesagt, er hat einem gemeinsamen Freund gegenüber angedeutet, daß vielleicht eine abgetrennte Hand zu haben sei.

Dean Da Silva befindet sich irgendwo in der unerforschten Gegend, die hinter der Wand hinter dem Schalter liegt, an dem der Typ von der Aufnahme versucht, einen Berliner zu finden. Eddie hört, wie er die Schwester fragt, ob sie einen Berliner gesehen hat.

»Mr. Rayner.«

Eddie zuckt zusammen. Er sieht einen rundlichen, glatten, gepflegt gekleideten, weißbekittelten, glänzend beschuhten Dr. Dean Da Silva vor sich stehen. Dr. Dean Da Silva hat ein glattes, ausdrucksloses, olivfarbenes Gesicht. Er fragt Eddie: »Was haben Sie für Probleme?«

»Ich bin Eddie Rayner.«

»Das weiß ich.«

»Ja, natürlich, ich nehme an, mein Name ist schon gefallen . . .«

Eddie findet diese ersten Kontakte immer unangenehm. Er schaut zu dem Angestellten, der ihn über einen halbgegessenen Berliner hinweg anstarrt. Er geht voran in eine Ecke, und Da Silva folgt ihm, ungeduldig die Stirn runzelnd. Eddie zögert. Dann, mit einem Schulterzucken, deckt er seine Karten zögernd auf: »Es geht um die Hand . . . eine Hand . . . die Sie verkaufen.«

»Ich verstehe.« Da Silvas Gesicht bleibt ausdruckslos. Eddie liest darin Gier, Angst, Vorsicht, Hochnäsigkeit. Er nimmt all seine Ängste und pflanzt sie in das leere Beet von Da Silvas Gesicht.

»Das stimmt doch, nehme ich an, oder?«

»Mehr oder weniger.«

Eddie lächelt. Er versucht, auf Da Silvas Gesicht ein Lächeln zu pflanzen. Er versucht es mit der Heiterkeit seines eigenen Lächelns hervorzulocken, aber Da Silva nickt nur und wartet. So fragt er: »Geht das für Sie in Ordnung, hier darüber zu reden?«

»Es ist ein wenig verfrüht. Wozu wollen Sie eigentlich dieses . . . Stück?«

»Ich habe . . . wissen Sie . . . einen Kunden.«

»Einen Kunden?« Da Silva nimmt das Wort auf und prüft es kritisch mit einer rostfreien Pinzette.

»Ja, einen Kunden.«

Dean Da Silva ist in seinem ersten Jahr als Assistenzarzt. Er hat schon jene fein ausgewogene Mischung von Zurückhaltung und Verachtung gefunden. »Das ist nicht gerade ein sehr moralisches Ansuchen.«

»Es ist auch kein sehr moralisches Angebot.« Diese Sprache versteht Eddie. All das Gerede von Moral dreht sich doch bloß immer ums Geld. Je unmoralischer die Sache ist, desto teurer ist sie auch.

»Es ist kein Angebot gemacht worden. Auf jeden Fall«, Da Silva schaut auf seine Uhr, ein kompliziertes Gerät, das wahrscheinlich ein Examensgeschenk ist, »auf jeden Fall, denke ich, kann ich mich über unseren gemeinsamen Freund mit Ihnen in Verbindung setzen.«

»Das Wichtigste ist ein Liefertermin.«

»Ich setze mich mit Ihnen in Verbindung, wenn

sie zu haben ist. Falls«, er konsultiert erneut sein Examensgeschenk, »sie überhaupt zu haben ist.«

Eddie verläßt das Hospital und wünscht sich, er wäre nicht hergekommen. Wieder einmal ist er seinem Ungestüm zum Opfer gefallen. Da Silva wäre früher oder später zu ihm gekommen. Es gab niemanden sonst, zu dem er hätte gehen können. Dann hätte Eddie das Geschäft unter Kontrolle gehabt und, wenn auch nicht billig, so doch zu einem vernünftigen Preis kaufen können. Jetzt würde es ein einziges Gezerre geben.

Er jagt den Porsche die Punt Road hinunter zur Caroline Street, dann, nach reiflicher Überlegung, wendet er und fährt zur High Street zurück, so daß er am Laden vorbeifahren kann. Als er die High Street heraufkommt, kann er sie sehen: Jim Kenny und Alex Christopolous und noch einen, den er nicht kennt. Sie spähen in seinen Laden und lesen den Brief, den sie selbst unterzeichnet haben. Als er am Laden vorbeifährt, läßt er die Hupe ertönen, in der Hoffnung, daß sie zusammenzucken. Statt dessen schauen sie geringschätzig in seine Richtung, und er beobachtet sie im Rückspiegel, wie sie sich langsam zu Jim Kennys Laden auf der anderen Straßenseite zurückziehen.

Er schaltet in den zweiten zurück und fährt eine kreischende Kehre, die ihn vor Kennys Laden bringt, dann noch eine Kehre, die ihn vor seine eigene Tür bringt. Er hat keine Ahnung, was er als nächstes tun soll.

Er könnte zur Wohnung zurückfahren und schauen, ob Daphne da ist. Aber wenn sie nicht da ist, wird es noch schlimmer sein. Also besser sich vorstellen, sie ist da, und die Bestände im Hinterzimmer überprüfen.

Er öffnet die Tür zum Hinterzimmer. Es gibt eigentlich nichts zu überprüfen. Er kennt das Ausmaß seines Reichtums, genießt es jedoch einmal mehr, ihn mit den angenommenen Augen eines Fremden zu betrachten und sich einzureden: du bist noch nie hier gewesen, du gehst eine Straße hinunter und stöberst in einem Laden herum, versehentlich öffnest du diese Tür und befindest dich in diesem Raum, diesem Raum, den die Welt dir stets verweigert hat. Und da: die Goldfüllung aus Bergen-Belsen. Die Phiole voll Blut, das einst angeblich durch Marilyn Monroes Adern pulsierte. Der große Stoß wirklich obszöner Briefe und Notizen von Selbstmördern, die er über seinen Kontaktmann bei der Polizei bekommen hat. Ebenso die Polizeiphotographien, die große und kleine Details von Verbrechen wiedergeben, tote Körper und leere Aschenbecher, auf Bromsilber zusammengestellt. Viele, viele andere Stücke. Ein fleckiges, faulig riechendes Hemd, das ganz sicher Guevara in Bolivien angehabt hat, von einem Verräter verkauft an einen Polizisten, an einen Touristen, an eine Frau, die volkstümliche Webkunst sammelte, und schließlich an Eddie. Dann gibt es noch, weniger seriös, verschiedene Bündel in Glaskästen mit

Metallschildern, die sie als Besitztümer bedeutender historischer Gestalten ausweisen. Diese letzteren sind amüsante Fälschungen und nicht teuer.

Es ist kühl und dunkel hier im Hinterzimmer mit
seinen schwarzen Wänden und geschickt angebrachten Strahlern. Das Vergnügen des imaginären
Fremden teilend, wünscht sich Eddie wieder einmal, das Hinterzimmer wäre kein Hinterzimmer.
Die Ausstellung von Mordopfern im vorderen
Raum ist ein Flirt mit seinem Wunschtraum, das
Hinterzimmer zur allgemeinen Besichtigung freizugeben. Sie ist ein bewußtes Experiment.

Die Kiefernmöbel und Korbstühle langweilen ihn
zu Tode. Aber die Gegenstände im Hinterzimmer
erregen ihn über alle Maßen, irgendeine seltsame
Mischung aus Angst und Ekel und sonst etwas läßt
seine Nervenenden kribbeln. Er ist kein analytisch
denkender Mensch und hat sich niemals tiefe Gedanken über seine Vorliebe für diese Dinge gemacht. Wenn er angegriffen wurde, hat er sich als
Befreier verteidigt, als ein Mann, der eine Tür geöffnet und frische Luft in einen Raum gelassen hat,
der muffig war von Schuldgefühlen. Es ist nicht gerade eine brillante Verteidigung.

Hier, in diesem Raum, wo er sich seiner selbst
am sichersten ist, hat er auch Daphne kennengelernt. Damals war sie die Geliebte eines Ministers,
der in der Öffentlichkeit im Ruf protestantischer
Strenge stand. Der Minister war ein alter Kunde
von Eddie. Zweifellos hätte er die gleichen Photo-

graphien auch über die Polizei bekommen können, aber das war ein riskantes Geschäft, und er schätzte Eddies Ruf, diskret zu sein. Sein besonderes Interesse galt sadistischer Vergewaltigung, und aus irgendeinem Grund, über den sich sogar Eddie nicht im klaren war, waren Photographien davon am schwierigsten zu beschaffen.

Und hier hat Daphne Eddie gesehen, wie er inmitten seines Königreichs stand wie der Teufel persönlich und in gedämpftem, fachmännischem Ton mit dem Minister sprach, der vor Aufregung und Verwirrung wie ein Schuljunge stammelte.

An jenem Tag demütigte Eddie den Minister mit beträchtlichem Gespür und spinnengleicher Sicherheit schlicht dadurch, daß er ihm sehr präzise Fragen über die Photographien stellte, die er zu sehen wünschte. Er war sehr, sehr höflich, aber seine Persönlichkeit hatte sich gewandelt, und er sprach mit dem Minister mit der Stimme der Welt draußen. Normalerweise hätte er ihn die Ordner durchblättern lassen, aber dies sollte kein normales Ereignis werden. Es sollte so etwas wie ein Duell werden. Es sollte eines jener seltsamen Ereignisse werden, bei dem weder der Angreifer noch das Opfer wirklich nachvollziehen konnten, was geschah, und sich daher die ganze Zeit anlächelten, wobei jeder versuchte, den anderen davon zu überzeugen, wie äußerst alltäglich die Situation doch war.

Aber wie ein Mann, dem man mit einem sehr scharfen Rasiermesser die Kehle durchgeschnitten hat, entdeckte der Minister den Schaden erst, als er das Haus verlassen hatte, und auch dann nur, weil er sich so schmerzlich in den Augen seiner Geliebten widerspiegelte.

Daphne war kein schönes Mädchen, obwohl sie einen aufregenden Körper mit sehr langen Beinen und großen Titten hatte, die sie unglaublich vorteilhaft zur Geltung brachte. Ihr Gesicht hingegen war von einer gewissen Schlaffheit, Schwammigkeit, die nicht anziehend war. Sie hatte einen großen, schlaffen Mund und eine Vogelnase, die unter Schichten von Make-up lag, das sie so geschickt aufzutragen wußte. Sie hatte jedoch etwas an sich, eine Verbindung aus Rücksichtslosigkeit, Sinnlichkeit und Stärke. Sie war von Leuten fasziniert wie ein Romanautor und verstand sie intuitiv. Ihr Leben war dem Studium von Leuten gewidmet. Sie klatschte über sie, stritt mit ihnen und vögelte mit ihnen und hatte in ganz wenigen Jahren ein unglaubliches Aufgebot von Liebhabern gesammelt, zu denen unter anderem ein Berufsverbrecher, ein englischer Fußballspieler, ein Shakespeare-Darsteller auf Tournee und ein sehr bekannter Gebrauchtwagenhändler gehörten.

Und im Laufe dieses Sommers war sie zu Eddie gezogen, und Eddie war erschreckt, geschmeichelt und beinahe in sie verliebt. Er fühlte sich wie ein Mann, der einen Rennwagen gekauft, jedoch zuviel Angst hat, damit schnell zu fahren. Ein Gefühl der Unzulänglichkeit überwältigte ihn jedesmal, wenn er über Daphne nachdachte, denn Daphne hatte ganz bestimmte Vorstellungen davon, wer Eddie war, und Eddie war sich nicht ganz sicher, ob er ihnen würde genügen können.

Daphne hielt sich etwas auf ihre Ehrlichkeit zugute. Sie hatten sich in jener ersten unglaublichen Nacht einen langen, aufpeitschenden emotionalen Striptease hingelegt, bei dem sie sich gegenseitig herausforderten, einander rückhaltlos von ihren Gefühlen zu erzählen. Es hatte damit geendet, daß Eddie seine völlige Vernarrtheit in Daphne bekannte und Daphne andeutete, daß dieses Gefühl vielleicht auf Gegenseitigkeit beruhe. Irgendwann zwischendrin hatte Eddie das Gefühl, er habe das Spiel verloren, aber er spielte immer weiter und stellte mit Bestürzung fest, daß seine ehrlichsten Eingeständnisse nicht gut aufgenommen wurden. Ehrliche Eingeständnisse vorheriger Unehrlichkeit kamen nicht gut an bei Daphne, die Vorbehalte gegen ihn zu hegen begann, als sie Schwächen und Geheimnisse erspürte, die sie nicht vermutet hatte. Sie betrachtete ihn neugierig, an seiner Authentizität zweifelnd.

Eddie erwog eben, heimzufahren und zu schauen, ob Daphne zu Hause war, als er hörte, wie sich die Ladentür öffnete. Er ging nach vorn und fand die Äitsch-Freaks, die gefährlich auf den nach hinten gekippten Korbstühlen schaukelten.

Jo-Jo war, bevor die Verlockungen des Heroins ihn auf abgelegenere Pfade geführt hatten, einmal sein Freund gewesen. Aber Pete nie. Pete hatte die Augen eines Wahnsinnigen und ein psychotisches, spöttisches Lächeln, das Eddie einen Schauer ins Herz jagte. Er hatte Pete einmal mit einer abgebrochenen Bierflasche am Werk gesehen. Eigentlich war gar nichts passiert. Pete hatte seinem Opfer ins bleiche Gesicht gelacht und die Bierflasche vor seinen Füßen zerschmettert. Aber es war eine üble Szene gewesen, und Eddie erinnerte sich nicht gern daran. Seither hatte Pete wegen Besitz gesessen. Er sah aus wie einer, der gesessen hat, seine Haare hatten immer noch den kurzen Pentridge-Schnitt.

Eddie begann, von den Bränden zu reden. Pete und Jo-Jo wußten nichts von Bränden und interessierten sich auch nicht dafür. Jo-Jo erzählte ihm, wie sie von anderen Naturgewalten aus ihrer Bleibe in Williamstown vertrieben worden waren. Sie hielten es nicht mehr aus – die tote Frau, die mit dem Füller in der Hand im Zimmer saß, ständig im Begriff, etwas zu schreiben, was sie nie erfahren würden. Jo-Jo haßte das unbeschriebene Papier beinahe ebenso sehr, wie er den Leichnam ihrer Vermieterin haßte, einer alten Frau von siebzig oder mehr, die trotz oder gerade wegen der Hitze einfach nicht verwesen wollte. Eddie meinte, zwischen dem unrasierten Backenbart von Jo-Jos Babygesicht die Angst durchscheinen zu sehen, aber wahrscheinlich war es nur schlechte Ernährung.

Im Gegensatz zur Hausherrin, die am Tisch saß

und einfach nicht verwesen wollte, stellte sich heraus, daß das Haus, in dem sie gestorben war, aus weniger dauerhaftem Stoff gemacht war. Große Gipsbrocken, zwei Inches dick und außerordentlich gefährlich, hatten begonnen, sich mit erschreckender Regelmäßigkeit von der Decke zu lösen. Einer dieser herabfallenden Brocken hatte im Wohnzimmer ein schweres Bücherregal heruntergerissen, ein anderer hatte das Badezimmerschränkchen von der Wand gehauen und die Badewanne mit Schutt gefüllt. Das Klo war verstopft, und sie konnten nicht mehr 'reinscheißen.

Pete und Jo-Jo hatten in einer kleinen Wohnung gewohnt, die an das Hauptgebäude angebaut war. Was einmal eine ruhige Vorstadtzuflucht gewesen war, verunsicherte sie mittlerweile so sehr, daß sie es vorzogen, wieder in die Innenstadt zu kommen, wo sie beide den Bullen bekannt waren.

Als Eddie von dem Leichnam hörte, wurde irgend etwas in ihm ganz straff und begann ganz rasch zu vibrieren. Ein Gedanke, so unerhört, daß seine bloße Erwägung ihn erschreckte. Ein unmöglicher Gedanke, aber je mehr er davor zurückschreckte, desto klarer wurde ihm, daß er es tun mußte. Nicht wegen des Geldes, obwohl es unglaublich viel Geld bringen würde. Sondern . . .

Aber im Moment war er erleichtert, daß Jo-Jo ein Gesprächsthema mitgebracht hatte. Jo-Jos Schweigen war immer irgendwie bedrohlich. Jetzt, während er mit ihnen über die alte Dame redete,

schaffte er es, sich nicht so verdammt spießig vor-
zukommen. Äitsch-Freaks machten ihn immer nervös. Sie waren so für sich, so unnahbar, lebten in
ihrer eigenen, gefährlichen Welt, die zu betreten er
nie den Mut oder die Dummheit haben würde.

Auch jetzt noch spürte er ihre merkwürdig am-
bivalente Einstellung ihm gegenüber, ihren Neid
auf seinen Erfolg und auch ihre Verachtung dafür.
Pete sagte nicht viel. Er zog sich in das fensterlose
Klo zurück, wo er sich einen Schuß setzte und die
Tür mit Blut bespritzte. Er kam zurück und lächelte
Jo-Jo heimlichtuerisch zu.

Eddie sagte: »Sie vergammelt nicht oder so-
was?« Er hatte noch nie einen Leichnam gesehen.
Er machte sich Gedanken darüber.

Nein, sie habe noch nicht einmal . . . angefangen . . . zu verwesen. Sie sei wie (Grimasse) neu. Es
tue sich überhaupt nichts. Das sei es auch, was sie
wahnsinnig mache.

Eddie wollte sichergehen, daß sie niemandem
etwas erzählt hatten.

Pete kräuselte die Lippen. Wem, verdammt
noch mal, sollen wir denn was erzählen. Vielleicht
den Bullen?

Jo-Jo nickte. Sie warteten auf ein bißchen . . .
Stoff . . . und sie würden vielleicht morgen mit dem
Lastwagen nach Queensland hoch fahren. Sie war-
teten auf eine . . . Lieferung. Sie würden nach
Queensland gehen und dort bei . . . Verwandten
wohnen.

Die Verwandten waren irgendwie ein toller Witz. Eddie grinste mit ihnen und kam sich dann dumm vor, als er sah, wie sie ihn anschauten. Sie hatten ihn erwischt. Sie stießen ihn mit der Nase auf seinen eigenen Schwindel. Sie wußten, daß er den Witz mit den Verwandten nicht kapierte. Scheiß Äitsch-Freaks, dauernd redeten sie in Geheimsprache.

Er sagte ihnen, daß er die alte Dame sehen wolle, und Jo-Jo nannte ihm die Adresse, obwohl Pete ihm davon abriet. Pete murmelte vor sich hin. Eddie wünschte, sie würden seinen Laden verlassen, aber als sie ihn fragten, ob sie über Nacht in seiner Wohnung bleiben könnten, brachte er es nicht über sich, nein zu sagen.

3

An diesem Abend zogen sie zu ihm und fingen gleich nach ihrer Ankunft an, seine Schallplattensammlung zu versauen. Eddie räumte hinter ihnen her, steckte Schallplatten in Plastikhüllen zurück und stellte an strategisch günstigen Stellen Aschenbecher auf, während Daphne sich, mit glänzenden Augen, mit ihnen über Queensland unterhielt. Eddie wußte nicht, daß sie in Queensland gewesen war. Aber es stimmte. Sie hatte fast ein Jahr dort gelebt.

»Kennst du Cairns?« fragte sie Pete.

»Ja.«

»Cairns ist irre.«

»Holloway Beach.«

»Ach du lieber Gott, ja, Holloway Beach.« Pete wechselte mit Jo-Jo einen Blick, der alles mögliche bedeuten konnte.

Eddie war nahe daran zu fragen, was ist Holloway Beach, aber er hielt sich zurück. Er hatte noch nie erlebt, daß Pete wie ein normaler Mensch mit jemandem redete. Ihm war es lieber, wenn es nicht gerade hier passierte.

»Jemals zu Martins Wohnwagen gegangen?«

»Klar«, lächelte Daphne, ein sehr breites, warmes Lächeln.

»Er ist eingelocht worden.«

»Ja, ich weiß.« Daphne lächelte, als wüßte sie eine Menge über Martin und seinen Wohnwagen. Es war ein ziemlich offenes Lächeln, das sie um die Augen herum ein wenig sanft und sentimental aussehen ließ.

Pete nickte: »Du hast Martin gekannt.« Er lachte.

Eddie saß auf dem Boden und grinste gutmütig. Er erinnerte sich, daß Daphne ihm einmal erzählt hatte, daß sie in einem Wohnwagen gelebt hatte.

»Martin war ein guter Typ«, sagte Jo-Jo. »Als er eingelocht wurde, kam seine Mammi von Lismore hergeflogen und hat ihn gegen Kaution rausgeholt. Jemals seine Mammi kennengelernt?«

»Ja«, Daphne kicherte. »Er hat mich mal nach Lismore mitgenommen, damit ich seine Mammi kennenlerne.«

»Das Golden Wattle Café . . .« grinste Pete.

»Ja, das Golden Wattle Café, und sie hat mich von oben bis unten angeguckt und so. Es war nicht sehr cool. Ich mußte in einem Zimmer hinterm Haus schlafen. Damals hab' ich mich auch von Martin verpißt. Seine Mammi kam eines Morgens rein und sagte, Daphne, was halten Sie von Martin? Ich wußte einfach nicht, auf was sie hinauswollte. Aber ich sagte, also Mrs. Clements, auf jeden Fall ist er ein guter Fick.«

»Was hat sie gemacht?«

»*Sie* hat gar nichts gemacht. Sie hat bloß so getan, als hätte sie nichts gehört. Ich bin ab auf'n Bus.«

Eddie wartete darauf, daß sie anfingen, über Rauschgift zu reden. Früher oder später würde es soweit sein. Er hatte ihr nicht erzählt, daß sie Äitsch-Freaks waren. Jetzt würde irgendwann die Spritze zum Vorschein kommen, und keiner würde sich aufs Klo verziehen müssen, um es zu erledigen. Und dann. Und dann würde Daphne es ausprobieren wollen. Man muß alles einmal probieren, pflegte sie zu sagen, alles einmal. Und Eddie wie Pik Sieben stehen zu lassen.

Wegen ihnen kam er sich so verdammt spießig vor. Er hätte sie liebend gern rausgeschmissen, aber dann wäre er sich noch spießiger vorgekommen. Und als sie anfingen, in seinen roten Plastik-müleimer zu scheißen, beschwerte er sich nicht.

4

Eddie ging am nächsten Morgen zum Laden, um ein paar private Telephongespräche zu führen, und sah, daß Detective Sergeant Mulligan von der Sitte auf ihn wartete. Eddie kannte Mulligan aus der Zeit, als er noch den Porno-Buchladen in der Metropole Arcade führte. Als er Mulligan sah, wußte er, was passiert war: seine Freunde aus der High Street hatten offiziell Anzeige erstattet.

Eddie parkte den Porsche hinter Mulligans nicht gekennzeichnetem Holden und winkte dem adret-ten Mann in Anzug und Veloursweste zu, der ge-duldig wartend vor dem Laden stand. Mulligan sah eher aus wie ein Gebrauchtwagenhändler als wie ein Bulle. Er hatte ein kränkliches, gutgeschnittenes Gesicht und stand auf großen Manschettenknöp-fen und auffallenden Krawattennadeln.

Sie würden ihn einlochen. Es war ihm egal. Schließlich wäre es nur gut fürs Geschäft.

»Du bist eine alte Drecksau«, sagte Mulligan. »Das ist Constable Fisher.«

Fisher sah aus wie ein Farmer. Er starrte Eddie feierlich an wie ein Kind, das im Zoo eine gefährli-che Schlange betrachtet.

Eddie schloß den Laden für sie auf, und sie gingen herum und betrachteten die Photos aus der Nähe. »Weißt du, wer das ist?« Mulligan klopfte auf einen Mann, der anscheinend auf einem Küchenboden lag.

»Nein.«

»Heißt Hogan. Seine Frau ist jetzt in Fairlea, das dämliche Weibstück. Was dagegen, mir zu sagen, wo du sie herhast?«

»Vom Schuttabladeplatz in Nord Melbourne.«

»*Du* hast sie auf dem Schuttabladeplatz in Nord Melbourne gefunden. Ganz zufällig dort 'rumgelaufen, wie?«

»Ein Freund.«

»Du bist ein bißchen krank im Kopf, Eddie.«

»Meinen Sie?« Eddie lächelte. Er hielt es für eine ironische Fügung, dafür eingelocht zu werden, daß er die Kunstwerke der Polizei besaß.

Constable Fisher schaute abwechselnd auf den einen, dann auf den anderen, wie ein Mann, der einem Tennisspiel zuschaut.

»Korrupt und pervers.«

»Ich bin was?«

»Die da«, Mulligan deutete auf die Photos, »machen eindeutig korrupt und pervers.« Er grinste. »Ich werd' dir also eine Quittung geben müssen.«

Eddie schlug sich mit der Faust gegen die Stirn. »Sie haben Kleider an.«

»Wieviele Photographien?«

Fisher zählte sie zweimal. »Sechzehn.«

»Hören Sie mal«, sagte Eddie, »da sind keine Schwänze, keine Genitalien, sie haben Kleider an.«

»Sechzehn . . . Photo . . . gra . . . phien«, schrieb Mulligan, »Größe?«

Fisher schätzte: »Zehn auf acht?«

»Sie haben Kleider an. Es sind bloß Tote, die Kleider anhaben.«

Aber die Wahrheit ist, daß Mulligan mehr Ahnung davon hatte, was mit Eddie los war, als Eddie selbst. Er erkannte ihn als das, was er war: ein Pornograph des Todes. Er gab Eddie die Quittung und ging mit den Photos unterm Arm weg.

5

Eddie versuchte den Rest des Tages, einen Rechtsanwalt, einen Einbalsamierer und einen Kistenmacher aufzutreiben.

Er rief den Rechtsanwalt an und traf eine Verabredung. Dann setzte er sich mit dem Kistenmacher in Verbindung und gab ihm die Maße der Kiste, die er gebaut haben wollte. Bei den Maßen gab er noch ein bißchen was zu, weil Jo-Jo und Pete sich einfach nicht einig werden konnten, ob ihre Vermieterin groß oder klein gewesen war.

Mit dem Einbalsamierer war es ein bißchen schwieriger. Er vereinbarte ein Treffen im Clare Castle Hotel in Carlton. Es war kein zufriedenstellendes Treffen. Eddie sagte, er müßte mal pinkeln, schlüpfte zur Hintertür hinaus und ging nicht mehr zurück.

Dieses Problem würde er später lösen. Er setzte sich mit Freunden im St. Vincent Krankenhaus in Verbindung, aber keiner kannte irgendwen.

Dieser Job würde so seine Schwierigkeiten mit sich bringen.

In Gedanken mit Prozeduren und Techniken beschäftigt, hatte er nicht viel Zeit, über die alte Dame selbst nachzudenken, aber ihre Allgegenwart beherrschte ihn den ganzen Tag über und versetzte ihn in einen nicht unangenehmen Zustand der Spannung. Seine Nervenenden kribbelten, und er krümmte und streckte seine langen Finger in einem Taumel von Vorfreude.

Er hatte vor, Daphne mitzunehmen. Er hatte eine sehr klare Vorstellung von der Machtpolitik in ihrer Beziehung, und er wußte, daß der Besuch in dem Haus das Gleichgewicht wieder zu seinen Gunsten verändern und auf jenen Stand bringen würde, auf dem es am ersten Nachmittag gewesen war, als er den Minister demütigte.

Aber als der Morgen schließlich kam, überreichten Pete und Jo-Jo ihm den roten Plastikabfalleimer, in den sie die ganze Zeit geschissen hatten.

»Was soll das?«

Pete starrte ihn skeptisch an. »Es ist für das Schwein.«

»Für die Bullen?«

»Nicht die Bullen, das verdammte Schwein. Wir haben ein Schwein draußen in Williamstown. Du gibst es dem Schwein zu fressen.«

Eddie nickte langsam. Sie machten dasselbe mit ihm, was er mit dem Minister gemacht hatte. Er stellte den Plastikeimer voll Scheiße auf den Beifahrersitz des Porsche und war gezwungen, Daphne mit den Freaks zurückzulassen.

6

Als Eddie die Stadt verließ, war er immer noch damit beschäftigt, die komplizierten Details dessen zu planen, was mit Sicherheit sein Meisterstück werden würde. Der Einbalsamierer hatte alles ein bißchen durcheinandergebracht. Trotzdem, das könnte man hinkriegen. Und dann, Jesus Christus, was für eine Auktion würde das geben.

Was ihm vorschwebte, war ein Tableau. Das Tableau würde das ganze Haus umfassen. In einem Zimmer dieses Hauses befände sich eine echte alte Dame, die an einem Tisch sitzt und gerade einen Brief schreiben will. Das wäre der Mittelpunkt des Werkes. Man würde auch die anderen Zimmer benötigen, und sei es nur, um die Echtheit des zentralen Zimmers herzustellen. Ein ehrgeiziger Plan. Ein gefährlicher Plan. Er erforderte Geschick und Organisationstalent und eine Menge Glück. Wenn auch nur das Geringste schiefging, würde es nicht klappen. Wenn sie Verwandte hatte, die in dem Haus wohnen wollten, würde er es nicht kaufen können. Wenn die Nachbarn den Leichnam gefunden hätten, bevor er hinkam, wäre alles ruiniert. Wenn sie anfing zu verwesen, könnte der Einbalsamierer (ein weiteres Problem) vielleicht keine saubere Arbeit leisten. Er würde sie aus dem Haus schmuggeln und in der Kiste verstauen und so lange lagern müssen, wie es eben nötig war.

Aber wenn all diese kleinen Probleme aus der Welt geschafft sein würden, dann würde Eddie die unglaublichste Auktion aller Zeiten veranstalten. Ausgewählte Einladungen an zwölf seiner reichsten Kunden. Sie würden gegeneinander bieten, um diese unerhörteste von Eddies kleinen Kuriositäten in ihren Besitz zu bringen.

Aber jetzt, da er mit dem Eimer voll Scheiße neben sich auf dem Sitz nach Williamstown hinausfuhr, wurde er nervös. Seine Nervosität hatte nichts mit dem Einbalsamierer oder den Bullen oder Problemen mit Verwandten zu tun. Nein, was erst jetzt begann, ihn ein kleines bißchen nervös zu machen, war der Gedanke an die Leiche.

Er hatte noch nie eine Leiche gesehen.

Er wünschte, Daphne wäre bei ihm. Daphne wäre von all dem total entnervt gewesen. Ihre Angst hätte ihn stark und selbstbewußt gemacht. Der Gedanke an den Leichnam hätte ihm dann keine Sorgen gemacht. Aber jetzt, so allein . . .

Er zog den Porsche hinter einen Tanklaster und beschloß, ihn nicht zu überholen. Es hatte keine Eile. Eddie fuhr mit 25 Meilen pro Stunde in Williamstown ein.

7

Das Haus war perfekt, bis hin zu den Zypressen, die den wackligen Holzzaun an der Vorderseite säumten. Dieser ausgezeichnete erste Eindruck konnte durch nichts mehr getrübt werden. Die Auffahrt war aus Backsteinen, die eingesunken waren, so daß sie einer sanftgewellten Meeresoberfläche glich. Neben der Auffahrt wuchsen Reihen verwelkter Schwertlilien und jenseits der Schwertlilienbeete waren Meere hohen braunen Grases, in dem Eddie verwahrloste Gartengeräte und den Griff eines altmodischen Rasenmähers erkennen konnte.

Es war perfekt. Es war auch ein wenig zum Fürchten. Wieder wünschte er, Daphne wäre hier. Dann wäre es einfach gewesen. Er wäre nicht, wie jetzt, im Auto sitzen geblieben. Durch das Gittertor konnte er das Haus erkennen. In diesem Haus saß eine tote Frau. Abblätternde Verschalung. Braunverschossene Leinenjalousien, zugezogen. Die Mauern gezeichnet von Wasser aus einer lekken Regenrinne. Es war kein bißchen wie das Haus in *Psycho*. Gleichzeitig war es genau wie das Haus in *Psycho*.

Wenn der Eimer voll Scheiße nicht gewesen wäre, der mittlerweile in der Sonne vor sich hin dampfte, hätte Eddie womöglich nie das Auto verlassen. Aber schließlich wurde der widerliche Gestank schlimmer als seine Angst, und er hob den Plastikeimer aus dem Auto und trug ihn ergeben die Auffahrt hoch.

Gerade als er die Hälfte der Auffahrt zurückgelegt hatte, hörte er den Laut. Ein unglaubliches Schreien, hochgellend und entsetzlich. Die Wirkung auf Eddie war verheerend. Seine große, dünne Gestalt fuhr zusammen. Er ließ den Eimer fallen. Und stand absolut still.

Über seinen Nacken lief ein fürchterliches prickelndes Gefühl. Er hätte sich umgedreht in diesem Augenblick und wäre weggerannt. Aber er war zu entsetzt um wegzurennen. Er stand wie angewurzelt auf der Ziegelsteinauffahrt, während das Kreischen weiterging.

Und dann dämmerte es ihm ganz allmählich.

Es war das gottverdammte Schwein.

Schwitzend und verlegen nahm er den Eimer auf und ging weiter die Auffahrt entlang. Auf der Rückseite des Hauses fand er das Schwein, das sich im Staub seines Pferchs wand, als sei es besessen. Kein glattrasiertes Schwein, wie er sie in Fleischerläden gesehen hatte, sondern ein schwarzes, haariges Viech mit einer länglichen, bösartigen Schnauze und wilden roten Augen. Wie ein Mann, der seinen eigenen Alpträumen zusieht, stand er am Zaun des Schweinepferchs und sah zu, wie es sich wand.

Und dann war es ihm plötzlich klar. Ihm fiel etwas ein, worüber er gelesen hatte:

ENTZUG

Das Wort blitzte in roter Leuchtschrift am Himmel seines Gedächtnisses auf. Und er verstand den Abfalleimer.

Er nahm den Eimer voll Scheiße und leerte ihn in den Schweinepferch. Das Schwein verschlang das Ganze in zwei Sekunden, immer noch winselnd.

Später, als er im Haus war, wurde das Schwein ruhig. Also, dachte er, das Schwein ist auch ein Junkie, süchtig geworden, weil es die Scheiße von Junkies gefressen hat.

8

Die Geschichte mit dem Schwein hatte seine Angst irgendwie abgestumpft. Jetzt betrat er das Haus von der rückwärtigen Veranda her, ging auf Zehenspitzen unsicher über die knarrenden Dielen, die Blicke von tausend imaginären Nachbarn und Leuten von der Sittenpolizei in seinen schwarzsamtenen Rücken gebohrt. Er öffnete langsam die Tür, wie jemand, der eine gefährliche Bombe entschärft. Sein Sachverstand nahm fasziniert kleine Details wahr: den abgetretenen Linoleumfußboden, den seltsamen Altdamenhut auf dem Hutständer, den Plastikregenmantel auf dem Fußboden, die große weiße Katze, die sich in einer entfernten Ecke zu einem Ball zusammengerollt hatte, das farbige Glas an der Haustür, weit weg. Das erste Zimmer, ein Schlafzimmer, offensichtlich unbenutzt. Auf dem Boden einige verwelkte Farne in Töpfen, ein Gärtnerhandschuh, ein Luftpostbrief aus Malaysia. Er berührte nichts, zelebrierte still die vollkommene Verwahrlosung, die authentischen Symbole des Todes. Wieder einmal näherte er sich jenem vollkommenen Niemandsland, wo Furcht erregend und beinahe angenehm ist.

Links noch eine Tür. Und er wußte, als seine Hände die große schwarze Türklinke berührten, daß dies das Zimmer war. Er hielt den Atem an, machte sich auf den Geruch gefaßt, von dem er gelesen hatte. Er wartete darauf, daß die Luft, schwer vom Duft des Todes, ihn übermannte.

Aber da war kein Geruch, außer vielleicht ein süßer Holzgeruch wie aus dem Innern einer Walnuß.

Sie saß gelassen am Tisch, in einem mottenzerfressenen Pelzmantel über einem Männerpyjama, der eine Nummer zu groß war. Eine schmächtige alte Dame mit dünnen grauen Haaren, die, auf einem sehr runden Kopf, zu einem Knoten zurückgekämmt waren. Randlose Brille auf einer kleinen, verwegenen Nase. Winzige weiße Hände, eine auf dem Tisch ruhend, die andere einen Füller haltend, der auf einem unbeschriebenen Blatt weißen Schreibpapiers ruhte. Auf dem anderen Ende des Tisches lagen die Überreste eines Teils der Stuckdecke, der eine Blumenvase zerschmettert hatte. Eddie nahm die Scherben der Jugendstilvase mit Befriedigung zur Kenntnis. Irgendwie waren sie fast noch besser als die alte Dame selbst, ein erschreckenderes natürliches Sinnbild für die alte Dame, die er jetzt ignorierte, denn er fühlte sich in ihrer Gegenwart etwas verlegen.

Die Jalousien waren zugezogen und das Licht brannte. Auch das war perfekt: schwache Birnen, gelb und matt.

Auf der Suche nach anderen ebenso vollkommenen Symbolen wanderte er von Zimmer zu Zimmer. Er fand Photoalben, alte Postkarten, mehr Briefe, als er hatte hoffen können, einen Schrank voller Kleider, einige davon auch für sich genommen wertvolle alte Stücke, einen Flügel mit einem kaputten Bein, Bilder von Schwertlilien und in der Küche, als Krönung, ein Schinkenbrot, dem allmählich ein grüner Bart aus Schimmel wuchs.

Und dann, als er das Wohnzimmer wieder betrat, in dem die alte Dame so ruhig am Tisch saß, war aus dem Ganzen urplötzlich ohne jede Vorwarnung die Luft raus. Nun, vielleicht nicht ganz, aber sagen wir, Eddie vermißte jenes Kribbeln, jenes Gefühl, als habe er zuviel Blut in den Adern, jene Empfindung, als könnten die neugierigen Finger unter dem Druck bersten, jenes seltsame irritierende Gefühl im Nacken, all die köstlichen Empfindungen, die stets mit jedem seiner Funde einhergegangen waren.

Gewohnt, am Rande schwindelerregender Abgründe von Ekel und Schrecken zu stehen, befand er sich zu seiner Überraschung auf einer weiten, öden Ebene.

Es war alles so . . . gewöhnlich.

Sein ganzes Berufsleben lang hatte er sich mit Stücken des Todes befaßt, den Mösen und Schwänzen und Titten des Todes, in Gläsern konserviert, einbalsamiert und aus nächster Nähe photographiert. Hier jedoch hatte er jenes unbestimmte, umstrittene Gebiet überquert, das das Pornographische vom Erotischen trennt. Gewohnt, durch Schlüssellöcher zu spähen, entdeckte er zu seiner Überraschung, daß er eine Tür durchschritten hatte und alles ganz anders war, als seine kribbelnden, hysterischen Nerven ihm vorausgesagt hatten. Er fühlte nicht den leisesten Anflug von Furcht, keinen Ekel, keine Heiterkeit. Bloß eine Art merkwürdiger Ruhe, wie nach einem guten Joint.

Das Haus war trotz des Leichnams, trotz der Symbole, kein Haus des Todes. Der Pornograph des Todes war, ausgerechnet, mit einem Leben konfrontiert worden.

9

Wie ein Kind, das nach wochenlangem Klingel-
putzen schließlich ertappt und in dem Haus willkommen geheißen wird, dessen Klingel es so aufgeregt geläutet hat, so nahm Eddie an dem Fest,
das ihm nun geboten wurde, teil.

Demütig durchstreifte er die Zimmer und Korri-
dore des Lebens der alten Dame. Er las Briefe von
ihrer Mutter, die vor fünfzig Jahren geschrieben
worden waren. Er machte einen Sprung um zehn
Jahre nach vorn, um einer Liebesaffäre auf die Spur
zu kommen, dann zwölf Jahre zurück, um ein
Schulzeugnis zu lesen, dann wieder nach vorn zu
einem Konzert, wo die alte Dame mit einigem Erfolg gesungen hatte, und erneut nach vorn, weit
nach vorn, zu dem Brief eines Amerikaners, der
sich nach einer neuen hybriden Schwertlilie erkundigte, die man nach ihr benannt hatte und die in
Connecticut nur schwer oder überhaupt nicht zu
bekommen war; da gab es einen Brief von einer
Nichte, die sich Sorgen machte, ob sie vielleicht
einsam war, dann, aus jüngster Zeit, merkwürdige
Briefe von einem Mann, der einmal Mieter gewesen war, sehr wohl auch ein Trickbetrüger gewesen sein mochte, sich aber trotzdem nur nach dem
Wohlergehen eines Hundes namens Monty erkundigte und versprach, bald aus Bundaberg zu-
rückzukehren, wo er bei der Zuckerrohrernte beschäftigt sei.

Er durchblätterte die Seiten von Photoalben und konnte vielen von den Leuten, die die Briefe geschrieben hatten, ein Gesicht zuordnen. Er erkannte in den immergleichen Augen der alten Dame eine besondere Mischung von Verletzlichkeit und Tapferkeit, der Blick war immer noch da, starrte ihn über den Tisch hinweg an. Er lernte ihren Vater kennen, ihre Mutter, ihren Bruder, den Architekten, ihren anderen Bruder, der an seinem einundzwanzigsten Geburtstag bei einem Verkehrsunfall ums Leben gekommen war, den Mann, der die ersten Liebesbriefe, nicht aber den Mann, der die neueren geschrieben hatte.

Er las die Briefe, der alten Dame am Tisch gegenüber sitzend; sie erweckte den Eindruck, als könne sie jeden Augenblick anfangen, irgendeinem aus dieser riesigen Schar von Briefeschreibern zu antworten.

Er blieb bis zum Einbruch der Dämmerung, aber er wußte schon lange vorher, daß es falsch wäre, das Tableau zu machen. Es wäre falsch, weil es einfach falsch wäre, und es wäre außerdem falsch, weil es nicht grell oder ekelhaft oder auch nur im entferntesten gespenstisch wäre. Er wußte auch, daß man mit dem Verkauf der einzelnen Stücke eine Menge Geld machen könnte. Der Körper wäre auch ohne das Drumherum anstößig genug, um zehntausend Dollar, möglicherweise weit mehr, zu bringen. Selbst in seinem neuen Zustand der Demut war ihm klar, daß das eine ziemliche Menge

Geld war. Ebenso würden die Briefe, die Postkarten, die Kleidung eine Menge bringen. Der Brief, der sie vom Tode ihres Bruders benachrichtigte, könnte, sauber in einen klinischen Aluminiumrahmen eingefaßt, fünfzig Dollar bringen.

Noch gelang es ihm, dem Problem auszuweichen, was er tatsächlich mit alldem anfangen würde.

Er verließ das Haus, wie er es vorgefunden hatte, erlag nur im letzten Augenblick noch dem Brief, der sie vom Tode ihres Bruders benachrichtigte. Er faltete ihn leicht und steckte ihn in die Tasche.

Als er durch die Hintertür hinausging, fiel ihm das Schwein ein, das jetzt zufrieden in der Ecke seines Pferchs schlief. Einer seltsamen Verbindung seiner neuentdeckten Gefühle mit einer eher praktischen, von Vorsicht diktierten, sich gegen Verlust absichernden Erwägung folgend, beschloß er, das Schwein mit zurück zu den Äitsch-Freaks zu nehmen, die ja schließlich für seinen Zustand verantwortlich waren. Allein gelassen würde es leiden. Allein gelassen würde es außerdem die Aufmerksamkeit auf das Haus lenken und ihm die alte Dame zu einem Zeitpunkt entreißen, da er noch nicht sicher war, was er mit ihr tun oder nicht tun sollte.

Ich möchte hier weder die teils recht amüsanten Schwierigkeiten schildern, denen sich Eddie gegenüber sah, als er beschloß, das Schwein zu fesseln, noch die, von denen er überhäuft wurde, als er versuchte, es ins Auto zu schaffen. Es sei hier nur ge-

sagt, daß er schlimm gebissen wurde und daß er
es schließlich schaffte, zur Caroline Street zurück-
zukehren, mit einem Schwein, das bereits wieder
anfing, sich Sorgen zu machen, wo es seinen nächsten Schuß herkriegen sollte.

10

»Du hast was?« sagte Jo-Jo.

»Ich hab' das Schwein mitgebracht. Es ist unten
im Auto.«

Die drei schauten ihn verächtlich an. Sie saßen
zusammen auf der Couch, Pete, Daphne und Jo-Jo,
und Eddie gefiel es gar nicht, sie so zu sehen, alle
zusammen, alle gegen ihn verbündet. Auf der
Couch war nicht viel Platz. Er konnte sehen, wie
Schenkel sich an andere Schenkel preßten. Hier, in
seiner Wohnung, verdammt noch mal, alle zusammengedrängt und über ihn zu Gericht sitzend, in
seiner eigenen Wohnung.

»Es hat geschrieen.« Seine Augen sandten ver-
zweifelte Signale zu Daphne, aber Daphne war
nicht auf Empfang.

»Hast du ihm die Scheiße gegeben?«

»Ja klar hab' ich ihm die verdammte Scheiße gegeben, aber ich karre doch nicht jeden Tag Scheiße da 'raus, bloß damit es ruhig ist.«

Pete starrte ihn mit fürchterlich anästhesierten

146

Augen an, und Daphne lächelte ihm zu. Es hatte nicht viel Ähnlichkeit mit einem Lächeln. Es konnte vielleicht eine ganze Menge unerfreulicher Dinge bedeuten. Ihm fiel ein, daß sie sich vielleicht einen Schuß gesetzt hatte, aber er fragte nicht.

»Wenn ich es die ganze Zeit schreien lasse, ruft jemand die Bullen, und mir gehen ein paar tausend Eier durch die Lappen.«

Das wirkte. Nicht mehr so cool jetzt, seine Äitsch-Freak-Freunde. Sie wollten wissen, was da draußen lag, das sie übersehen hatten. Diamanten? Sie hatten das Haus nach Wertsachen durchsucht, aber das einzige, was sie gefunden hatten, war eine Armbanduhr am Leichnam selbst.

Eddie ging es besser. Er drehte sich einen Joint und ließ ihn nicht herumgehen. Er zog den Brief hervor und ließ sie ihn lesen.

Die Freaks blickten nicht durch, aber er sah, daß Daphne den Wert des Briefes erkannte. Doch auch sie kam nicht darauf. Sie wollte wissen, was sonst noch da draußen war. Goldfüllungen?

Um ein Haar hätte Eddie ihnen nichts erzählt. Auf dem Rückweg von dem Haus hatte er beschlossen, die alte Dame nicht zu verkaufen. Er fühlte sich stark und gut. Er würde einen Arzt holen oder die Bullen oder wen immer man wegen einer alten Dame ruft, und das wär's dann gewesen. Und wenn das Problem mit den Leuten auf seiner Couch nicht gewesen wäre, dann wär's das auch tatsächlich gewesen.

Jetzt jedoch hörte er sich sagen: »Die kleine alte Dame, die ihr dortgelassen habt, ist zehn Riesen wert, bloß die Leiche.«

Pete rührte sich auf seinem Platz und sah Eddie mit zur Seite geneigtem Kopf an: »Wer kauft denn eine alte Dame?«

»Eine Menge Leute würden eine alte Dame kaufen. Daphne kennt mindestens vier Leute, die eine alte Dame kaufen würden. Ich kenne vielleicht ein Dutzend.«

Pete schüttelte den Kopf. »Scheiße, du bist total wahnsinnig, Mann, du bist wirklich total wahnsinnig.«

Eddie lächelte sein bekifftes, cooles, menschenfreundliches Lächeln und ließ sich auf einem hochbeinigen Hocker nieder. Er fühlte sich gleichzeitig besser und schlechter. Trotz seines Triumphes überkam ihn große Trauer. Er begann zu spüren, daß der Sieg es nicht wert gewesen war. Trotzdem sprach er weiter: »Ich werd' die kleine alte Dame verkaufen. Ich werd' das ganze verdammte Haus kaufen, Mann. DIE TOTE HAUSHERRIN IN IHREM HAUS. Verkauf gegen Höchstgebot.«

»Mann, du bist auf einem Wahnsinns-Trip.«

»Klar. Also wenn ihr Typen mir jetzt helft, das Schwein hochzuschaffen, fahr' ich heute nacht raus und bring sie her.«

»Du bringst sie *hierher*?«

»Klar. Sie kann da am Tisch sitzen. Also ihr Typen helft mir jetzt mit dem Schwein, und wenn es zu schreien anfängt, gebt ihr ihm ein bißchen Stoff. Ich bezahl' dafür, aber ihr gebt ihm einen Schuß, wenn's einen braucht. Ich will nicht, daß die Schwänze von nebenan die Bullen rufen, weil sie ein Schwein schreien hören.«

»O.K., Eddie«, sagten die Freaks.

11

Er fuhr die alte Dame mit offenem Verdeck zur Caroline Street. Es schien ihr nichts auszumachen. Tatsächlich hatte Eddie den Eindruck, der Wind habe ein Lächeln auf ihr Gesicht gezaubert. Selbst jetzt war er noch unsicher, ob er sie wirklich verkaufen würde oder nicht. Jede Meile änderte er seine Meinung und änderte sie dann wieder.

Total verunsichert hielt er in der High Street, und die alte Dame wartete geduldig im Wagen, während er das Hinterzimmer betrat. Das Hinterzimmer half auch nicht. Alles wirkte ein wenig albern auf ihn, aber vielleicht lag das nur an der alten Dame, die draußen im Auto so sanftmütig auf ihn wartete.

12

Erschöpft von den Ereignissen des Tages, schlief Eddie in dieser Nacht gut. Die Freaks hatten dem Schwein einen Schuß gesetzt und so schlief es, in der Badewanne, ebenfalls ruhig. Die alte Dame saß am Tisch, wieder mit dem Füller in der Hand, und betrachtete gedankenverloren Janis Joplin auf dem Titelbild von *Rolling Stone.*

Als Eddie am Morgen erwachte, war Daphne schon auf. Er ging hinaus, um die alte Dame zu inspizieren, und stellte fest, daß sie nicht da war. Auch sonst war niemand da.

Statt dessen fand er einen Zettel von Daphne, auf dem stand, sie hätten die alte Dame nach Sydney mitgenommen, um sie dort zu verkaufen, und dann wollten sie nach Queensland hoch, Verwandte besuchen. Auf dem Zettel stand, im Badezimmerschrank sei etwas Stoff, genug für ein paar Schüsse, und sie hätte auf dem Schwein mit Lippenstift die Stelle markiert, wo man die Nadel einstechen müsse. Es standen noch mehr Instruktionen darauf, alle sehr nützlich und ausführlich.

Sie hinterließ außerdem den Namen eines Mannes, der Eddie mehr Äitsch verkaufen konnte, und erklärte, wo er ihn treffen könnte und wieviel er bezahlen sollte. »Meiner Meinung nach«, schrieb sie, »wäre es das beste, ihm 'ne Überdosis zu geben, alles Liebe, Daphne.«

Bericht
über die Schattenindustrie

1

Mein Freund S. ist vor zehn Jahren nach Amerika ausgewandert, und ich besitze immer noch den
Brief, den er mir kurz nach seiner Ankunft schickte
und in dem er die Schattenfabriken beschreibt, die
an der Westküste aus dem Boden geschossen waren, und welche Wirkung sie auf die dortige Gesellschaft hatten. »Um zwei Uhr morgens sieht man
Leute mit Sonnenbrillen die Supermärkte durch-
streifen. Überall in den Gängen stehen große Kisten, einige davon kosten bis zu fünfzig Dollar,
aber die meisten bloß zehn. Pausenlos hört man
seichte Musik. Die geht mir noch mehr auf den
Wecker als die Schatten. Die Leute sehen einander
nicht an. Sie kommen her, um die Schattenkisten
zu durchwühlen, obwohl die Packungen keinerlei
Hinweis tragen, was darin ist. Der Gedanke, daß
Leute um zwei Uhr morgens das Haus verlassen,
weil sie ihr Glück mit einem Schatten versuchen
müssen, deprimiert mich wirklich. Letzte Woche
war ich in einem Supermarkt bei Topanga und sah,

wie ein alter Neger ein Stück von einer Schattenkiste abriß. Er wurde gleich darauf verhaftet.«

Ein seltsamer Brief vor zehn Jahren, aber er beschreibt sehr genau Szenen, wie sie in unserem Lande seither an der Tagesordnung sind. Gestern fuhr ich vom Flughafen in die Stadt, an einer Schattenfabrik nach der anderen vorbei, großen, gesichtslosen Gebäuden, die in der Sonne glänzen und deren Geheimnisse von Ex-Polizisten mit Schäferhunden bewacht werden.

Die Schattenfabriken haben große Schlote, die weit in den Himmel ragen, Schlote, die Rauch in verschiedensten, leuchtenden Farben ausstoßen. Einige meiner mehr zynischen Freunde behaupten, der Rauch habe nichts mit irgendeinem Herstellungsprozeß zu tun und sei bloß ein Trick, ein vorgetäuschter Beweis dafür, daß im Innern der Fabriken technologische Wunderwerke vollbracht würden. Der Volksglaube geht dahin, daß der Rauch bisweilen die mächtigsten Schatten überhaupt enthalte, jene, die zu groß und mächtig sind, um verpackt werden zu können. Alte Frauen, die stundenlang vor den Fabriken stehen und in den Rauch starren, sind ein alltäglicher Anblick.

Einige behaupten, der Rauch sei wegen krebserregender Substanzen, die bei der Herstellung von Schatten Verwendung finden, gefährlich. Andere sind der Auffassung, der Schatten sei ein Naturprodukt und eben aufgrund dieser seiner Beschaffenheit chemisch rein. Sie verweisen auf die Vorzüge

152

des Rauchs: Die wunderbar farbigen Muster in den Wolken, die einen daran erinnern, welches Glück einem ein vollständiger Schatten vermittelt. Dies letztere Argument hat vielleicht einiges für sich, denn an wolkenverhangenen Tagen bietet der Himmel über unserer Stadt einen wunderbaren Anblick, voller blauer, zinnoberroter und leuchtend grüner Farben, die in den Wolken seltsame Muster und Formen hervortreten lassen. Andere sagen, die Wolken enthielten mittlerweile die schreckliche Schönheit der Apokalypse.

2

Die Schatten sind in große, verschwenderisch ausgestattete Kisten eingepackt, die mit bunten, abstrakten Mustern bedruckt sind. Vom Amt für Statistik ist zu erfahren, daß der durchschnittliche Haushaltsvorstand 25 Prozent seines Einkommens für diese teuren Waren ausgibt und daß dieser Prozentsatz um so höher ist, je niedriger das Einkommen liegt. Es gibt welche, die sagen, die Schatten seien schlecht für die Leute, da sie ihnen ein unerreichbares Glück verhießen, das niemals verwirklicht werden könne, und sie so von den echten Schönheiten der Natur und des Lebens ablenkten. Andere hingegen sind der Meinung, die Schatten seien in der einen oder anderen Form schon immer vorhanden gewesen, und der verpackte Schatten sei in einer technologisch fortgeschrittenen Gesellschaft für das psychische Wohlergehen unabdingbar. Allerdings gibt es Forschungsergebnisse, die darauf hindeuten, daß die hohe Selbstmordrate in den Industrieländern mit der Popularität der Schatten zu tun hat und daß es eine direkte statistische Korrelation zwischen den Verkaufszahlen von Schatten und der Selbstmordrate gibt. Dafür haben diejenigen eine Erklärung, die der Auffassung sind, die Schatten seien lediglich Spiegel der Seele, und der Mensch, der in eine Schattenkiste starre, sehe nur sich selbst, und die Schönheit, die er dort entdecke, sei seine eigene Schönheit, und die Verzweiflung, die er erfahre, entspringe der Armut seines Geistes.

3

An Weihnachten besuchte ich meine Mutter. Sie lebt alleine mit ihren Hunden in einem ärmlichen Stadtviertel. Da ich ihre Schwäche für Schatten kannte, brachte ich ihr ein paar von den teureren Exemplaren mit, und sie zog sich in die Abgeschlossenheit des Schattenzimmers zurück, um sie zu betrachten.

Sie blieb so lange in dem Zimmer, daß ich Angst bekam und an die Tür klopfte. Sie kam beinahe sofort heraus. Als ich ihr Gesicht sah, wußte ich, daß es keine guten Schatten gewesen waren.

»Es tut mir leid«, sagte ich, aber sie küßte mich rasch und begann mir von einem Nachbarn zu erzählen, der in der Lotterie gewonnen hatte.

Ich selbst weiß nur allzu gut, wie sehr einen die Schattenkisten enttäuschen können, denn ich habe gleichfalls eine Schwäche in dieser Richtung. Bei mir ist es so eine Art heimliches Laster, etwas, das meine gescheiten Freunde nicht gutheißen würden.

Auf der Straße traf ich J. Sie lehrt an der Universität.

»Aha«, sagte sie verschmitzt und klopfte an das sperrige Paket, das ich unter meinem Mantel versteckt hatte. Ich weiß, daß sie aus dieser Entdeckung Kapital schlagen wird, ein wenig Tratsch, den man auf den Dinnerparties, die sie so mag, anbringen kann. Doch habe ich den Verdacht, daß auch sie eine Schwäche für Schatten hat. Sie gestand mir so etwas vor einigen Jahren, während jenes seltsamen Mißverständnisses, das sie gerne als »unsere Affäre« bezeichnet. Sie war es, die auf das Gefühl der Leere anspielte, auf jene schreckliche Verzweiflung, die einen überkommt, wenn man es nicht vermocht hat, den Schatten zu verstehen.

4

Mein eigener Vater verließ unser Zuhause wegen etwas, das er in einer Schattenkiste gesehen hatte. Es war nicht einmal eine teure Kiste, ganz im Gegenteil – eine kleine Überraschung, die meine Mutter vom überschüssigen Haushaltsgeld gekauft hatte. Er öffnete sie am Freitag nach dem Abendessen und war schon verschwunden, als ich am Samstag zum Frühstück herunterkam. Er hinterließ einen Zettel, den meine Mutter mir erst kürzlich gezeigt hat. Mein Vater konnte sich nicht gut ausdrücken und hatte Schwierigkeiten mitzuteilen, was er gesehen hatte: »Worte können nicht ausdrücken was ich fühle bei den Dingen die ich gesehen habe in der Schattenkiste die du mir gekauft hast.«

5

Meine eigenen Gefühle gegenüber den Schatten sind, um das geringste zu sagen, zwiespältig. Denn hier habe ich wieder einen hergestellt: flüchtig, unbefriedigend, auf größere Schönheiten und tiefere Mysterien verweisend, die irgendwo vor dem Anfang und irgendwo nach dem Ende existieren.

Die Rettung der Einhörner

1

Die Einhörner verstehen nicht.

Wir haben lange Gespräche geführt, aber es ist schwierig für sie. Sie beharren darauf, daß ich gekommen sei, um den Leichnam eines der ihren abzuholen, betonen jedoch gleichzeitig, es gebe keinen Leichnam, er sei schon vor meinem Eintreffen von einem anderen Mann abgeholt worden. Immer wieder beharren sie auf diesen beiden Punkten und lachen darüber, daß ich wegen etwas gekommen bin, das nicht da ist.

Ich habe sie gefragt, warum sie meinen, ich könne nur aus einem einzigen Grund gekommen sein, und sie haben zur Antwort gegeben, dies sei schon immer so gewesen; die Männer kämen, wie Geier, wenn es einen Todesfall gegeben habe, um sich des Leichnams anzunehmen.

Ich habe ihnen gegenüber die Ansicht geäußert, die Menschen seien grausam, aber sie haben das in Abrede gestellt, mit der Begründung, die Menschen erfüllten ihre von Gott auferlegten Pflichten sehr tüchtig. Die Männer, sagen sie, könne man für

den Tod von Einhörnern nicht verantwortlich machen.

Ich komme auf Gewehre zu sprechen, aber sie
wissen nichts von Gewehren oder, wie sich dann
herausstellt, von Waffen überhaupt. So beschreibe
ich ihnen den tiefen Graben, der über den Kamm
der Hügelkette verläuft. Ich beschreibe den Park-
platz hinter dem Graben und die Autos, die voller
Männer und Gewehre eintreffen. Sie haben keine
Vorstellung vom Wesen von Autos oder von ihrem
Zweck – das ist bloß ein Ablenkungsmanöver, und
ich beantworte ihre Fragen nach dem Wesen von
Autos nicht. Statt dessen erkläre ich, daß der Kopf
eines Einhorns von den Menschen sehr geschätzt
werde und daß sie dreitausend Pfund für das Vor-
recht bezahlten, eines schießen zu dürfen. Ich erkläre, wie die Männer in den Graben steigen und
darauf warten, daß die Einhörner über das Moor
laufen.

Als ich wieder auf das Thema Gewehre zu spre-
chen komme, lachen die Einhörner, werfen ihre
Köpfe hoch und kugeln sich in der Höhle herum.
Und ihr Führer, Moorav, warnt mich lächelnd vor
Lästerung und sagt, nur Gott habe die Macht, Le-
ben zu nehmen.

Dann erzählt er mir, daß die Einhörner in alter
Zeit unsterblich waren, von Menschen und Tieren
gleichermaßen verehrt, und daß sie keinerlei natür-
liche Feinde hatten. Er sagt jedoch, dies sei in den
heidnischen Zeiten gewesen, bevor Gott in die

Welt gekommen sei. Gott, so belehrt er mich, habe den Einhörnern (und ich gebe genau seine Worte wieder) »die Gabe des Todes verliehen«.

Es gebe eine alte Sage, erzählt er, die berichte, wie die Einhörner aus einem heißen und fernen Land über das Wasser in dieses Moor gebracht worden seien, das jetzt ihre Heimat sei. Hier sei es gewesen, daß Gott ihnen sein Versprechen vom Tod gemacht, und gleichfalls hier, daß er bestimmt habe, die männlichen Einhörner sollten in den Höhlen bei der Nördlichen Kuppe und die weiblichen Einhörner in den Höhlen bei der Südlichen Kuppe zusammenleben. Diese Gebote werden bis auf den heutigen Tag strikt eingehalten.

Ich frage, ob der Gott in der Sage vielleicht in Gestalt eines Menschen erschienen sei. Und Moorav antwortet, er glaube nicht, und Gott werde, falls er überhaupt Gestalt annähme, am wahrscheinlichsten in Gestalt eines Einhorns erscheinen, obgleich er sich in diesen Dingen nicht auskenne und es für besser halte, ich fragte einen der Priester, um dies bestätigt zu bekommen.

Ich hebe hervor, daß nur in dem Streifen zwischen der Höhle der männlichen und der Höhle der weiblichen Einhörner – etwa zwei Meilen offenen Moorlandes – Einhörner ums Leben kämen, und Moorav sagt, dies sei nur natürlich, da sie sonst nirgendwo hingingen. Er hält es nicht für erstaunlich, daß Einhörner niemals in ihren Höhlen sterben – dies sei ja schließlich schon immer so gewesen.

Die Einhörner kommen mir allmählich dumm vor, aber das verstärkt nur meinen Wunsch, sie vor den reichen Industriellen zu beschützen, die herkommen, um sie zu jagen.

Ich beharre darauf, sie sollten sich vor den Männern in acht nehmen, die herkämen, um sie zu töten, und ich weise darauf hin, daß Gott nicht mit Gewehren schießt. Ob dieses Einwandes werden sie etwas ernster, und ich glaube, ich habe vielleicht einen gewissen Fortschritt erzielt. Moorav verläßt den Kreis und geht weg, um sich mit anderen tiefer in der Höhle zu beraten.

Denen, die bei mir bleiben, sage ich, wenn es einen Gott gäbe, so würde er gewiß kein Gewehr benutzen. Ich beginne, das Wesen des Gewehrs, seinen Mechanismus zu erklären. Als Modell benutze ich das Lee Enfield 303, mit dem ich etwas Erfahrung habe. Ich zeichne es in den Staub des Höhlenbodens. Ich erkläre ihnen, was es mit den Kriegen der Menschen auf sich hat, und deute an, daß es noch kompliziertere und grausamere Waffen gibt als die, die ich ihnen erläutert habe. Ich berichte ihnen nähere Einzelheiten von den Grausamkeiten des Menschen gegenüber Mensch und Tier. Als Beispiele führe ich das Hinschlachten von Seehunden, die systematische Ermordung von Schafen und Rindern, die Unterjochung von Pferden, das Töten von Löwen, die Existenz von Zoos und Zirkussen an.

Die meisten dieser Tiere sind ihnen jedoch unbekannt, obwohl der Löwe in einer ihrer Legenden beschrieben wird.

Ich frage sie, was sie essen. Sie mißverstehen das als eine Bitte und bringen mir eine Mahlzeit: wilden Honig, braunes Brot und Milch. Ich frage sie, ob sie Fleisch essen. Das verstehen sie nicht. Ich erkläre, daß Fleisch der Leib von Tieren ist. Auch das wird als Bitte aufgefaßt (obwohl ich ausdrücklich festgestellt habe, daß das nicht der Fall ist), und sie werden unruhig und unterhalten sich flüsternd.

Ich fahre in meiner Schilderung der Verbrechen der Menschen fort, werde jedoch von Moorav unterbrochen, der mit zwei seiner Gefährten zurückgekehrt ist. Er bittet mich, mit meinem Gerede aufzuhören. Ich antworte, es gehe mir nur um ihre Sicherheit. Er stellt seine beiden Freunde vor, von denen einer ein Priester ist, kundig in den Wegen und Geboten Gottes. Der Priester ist alt und hat einen weißen Bart, was ich bei den anderen nicht gesehen habe. Noch einmal erkläre ich, zu seiner Information, das Wesen des Menschen, daß er das Bedürfnis habe, andere Lebewesen zu töten, daß er ihr Fleisch verzehre.

Da finde ich mich plötzlich beiderseits von jungen Einhörnern eingekeilt, deren gewaltige Flanken mir beinahe den Brustkorb eindrücken.

Der Priester sagt etwas von Lästerung.

Ich sage, ich bin nur hergekommen, um euch vor dem Tod zu bewahren. Ich bin nicht gekommen, um über Theologie zu reden, nur über Tatsachen. Ich frage sie, ob der Tod eines Einhorns nicht stets von einem lauten Knall begleitet werde.

Der Priester sagt, das treffe zu, man höre jedoch auch oft so ein Knallen, ohne daß dies einen Todesfall anzeige.

Erneut komme ich auf Gewehre, Munition, Ballistik zu sprechen.

Der Priester fragt mich, wie es komme, daß die Einhörner diese Instrumente noch nie zu Gesicht bekommen hätten. Erneut beschreibe ich den tiefen Graben, der über den Kamm der Hügelkette verläuft und erkläre, einmal mehr, daß die Menschen von weit weg töten können. Ich beschreibe, wie der Kopf des Einhorns abgeschnitten und in den Häusern reicher Männer an der Wand aufgehängt wird. Ich werde ärgerlich. Sie flüstern weiter miteinander, wollen nicht zuhören. Ihre anfangs wohlklingende Aussprache scheint rauher und daher einfältiger geworden zu sein.

Auch hat es den Anschein, als seien sie mittlerweile von mir enttäuscht. Meine Kleider werden von hinten zerrissen. Irgendwie zwingen sie mich auf die Knie und lassen mich auf allen Vieren gehen, dringen von allen Seiten mit ihren Hörnern auf mich ein. Sie nennen mich einen Lästerer. In meinen Augen stehen Tränen, aber nicht wegen der Schmerzen. Plötzlich setzt sich ein großes Einhorn auf mich, stößt mein Gesicht in den Schmutz. Bestimmt sind meine Rippen gebrochen.

Brennender Schmerz durchfährt meine Seite,

und ein dumpfer Schlag trifft meinen Kopf. Das ist alles, was mir von damals im Gedächtnis geblieben ist.

2

Die Jäger fanden mich im Moor, behandelten mich, nichts ahnend von meinen missionarischen Aktivitäten, freundlich und brachten mich in ein nahegelegenes Krankenhaus, wo man gut für mich sorgte.

Nach meiner Entlassung kehrte ich, das rechte Bein in Gips und die Rippen fest mit Binden umwikkelt, ins Moor zurück, wobei ich ein Gewehr mitnahm, das ich mir gekauft hatte. Ich würde den Einhörnern das Wesen des Gewehres demonstrieren und mit etwas Glück dafür sorgen, daß sie aus dieser Gegend in einen etwas entlegeneren Teil des Moors auszögen, wo sie vielleicht nie gefunden würden.

Wegen des Angriffs hegte ich ihnen gegenüber keinerlei Groll. Er war ein Ergebnis der Ignoranz, und ich konnte nichts andres erwarten.

Moorav war überrascht, mich zu sehen. Doch waren weder er noch seine Gefolgsleute unfreundlich zu mir. Sie bewirteten mich gut, und der Priester kam herbei und aß an meiner Seite Brot, wobei er sich danach erkundigte, ob ich mich erholt habe. Mein Verhalten nannte er »dein Problem« und fragte, ob es mir besser ginge.

Ich sagte, ich hätte ein Instrument mitgebracht, das mir entweder rechtgeben oder mich widerlegen würde. Der Priester lächelte und sagte, er hoffe, ich werde nicht schon wieder damit anfangen. Ich deutete auf das Gewehr und nannte es bei seinem Namen. Er betrachtete es und stellte einige Fragen, die ich so einfach wie möglich beantwortete. Sie bezogen sich eher auf das Material zu seiner Herstellung, als auf seine Funktion.

Nach dem Essen überredete ich sie, mit mir zum Höhleneingang zu kommen. Moorav war nervös, aber ich bestand darauf. Die Einhörner standen in einem Halbkreis hinter mir, als ich das Gewehr an meine Schulter hob und über das Moor feuerte.

Seltsamerweise waren sie überhaupt nicht beeindruckt. Der Knall, sagten sie, gleiche in keiner Weise dem Knall des Todes, und als Beweis führten sie an, daß ja niemand gestorben sei. Und sie begannen erneut, über mich zu lachen. Ich meinerseits geriet in Zorn und Verzweiflung darüber, wie ich meine Behauptung würde beweisen können.

Schließlich trat Moorav vor und meinte, wir könnten die Angelegenheit nur klären, wenn ich die Waffe gegen ihn richtete. Ich sagte nein, denn sie würde ihn töten. Wieder lachte er und sagte, ich hätte wohl Angst vor einem Fehlschlag. (Bei diesem zweiten Besuch hatte ich festgestellt, daß sie mich als einen Verrückten behandelten, vielleicht weil sie beschlossen hatten, ich sei unwissend, aber nicht gefährlich. Der Vorwurf der Lästerung wurde nicht mehr erhoben.)

Traurig fragte ich Moorav, ob er bereit sei, zum Wohle seines Volkes zu sterben.

Er sagte, nur in den heidnischen Zeiten sind die Einhörner nicht gestorben, ich habe keine Angst vor dem Sterben.

Ich ließ mich auf keine weiteren Überlegungen ein, denn ich wußte, daß ich dann meine Behauptung nie beweisen würde.

Ich hob das Gewehr und zielte auf seinen Kopf. Einen kurzen Moment lang zögerte ich, aber dann, die Einhörner hinter mir lachten immer noch, drückte ich ab. Moorav stöhnte auf und taumelte. Blut schoß aus der Wunde in seinem Kopf und er sank langsam, mit verdrehten Augen, zu Boden.

Hinter mir war Schweigen. Niemand sprach.

4

Ich selbst begrub Moorav in einer flachen Grube. Es war eine langwierige Arbeit, da die Einhörner keine Grabwerkzeuge besitzen, und sie erwar-
teten immer noch, daß ein Mann kommen und
Moorav wegbringen würde, ein anderer Mann als
ich.

5

Die Höhle ist schon den ganzen Tag ruhig. Einhörner liegen in Gruppen beieinander, sprechen jedoch nicht. Schließlich geht der Priester auf mich
zu und deutet an, daß er mit mir reden will. Er
sagt, ich habe seinem Volk einen schlechten Dienst
erwiesen, indem ich es der Gabe des Todes be-
raubt habe. Er sagt, sein Volk werde nun gewiß in
einen anderen Teil des Moors ziehen, wie es mein
Wunsch gewesen sei. Man werde zu den alten Zeiten zurückkehren, und niemand werde sterben.
Ohne Götter oder Feinde würden die Einhörner in
tiefe Verzweiflung versinken, Stunde um Stunde
vom Wunsch nach Schlaf getrieben, und dann vielleicht vom Sterben träumen. Schließlich würden sie
vergessen, daß das Sterben überhaupt jemals
möglich war.

Der Priester verrät, daß er versucht habe, die

Einhörner zum Bleiben zu überreden, aber sie hät-
ten Angst, und sollte er seine Autorität auf die
Probe stellen, so würden sie ihm nicht gehorchen.
Er bitte mich nur um eines, ich möge mein Instru-
ment an ihm gebrauchen. Er werde es als große
Gunst betrachten.

Traurig lade ich das Gewehr. Schweigend liegen
die Einhörner in der Höhle, nicht ahnend, daß sie
ewig leben werden.

Amerikanische Träume

Bis auf den heutigen Tag kann sich niemand erinnern, wodurch wir ihn beleidigt haben. Dyer, der Fleischer, erinnert sich, daß er ihm einmal das falsche Fleisch gegeben und ein anderes Mal versehentlich jemanden anders zuerst bedient hat. Oft, wenn Dyer betrunken wird, erinnert er sich dieses Tages und verflucht sich selbst für seine Dummheit. Aber niemand glaubt ernsthaft, daß es Dyer war, der ihn beleidigt hat.

Aber einer von uns hat etwas getan. Irgendwie haben wir ihn schrecklich gekränkt, diesen kleinen, sanftmütigen Mann mit der randlosen Brille und dem adretten Anzug, der uns alle so freundlich anzulächeln pflegte. Wir hielten ihn, nehme ich an, für ein bißchen beschränkt, und bisweilen war er so still und unscheinbar, daß wir ihn ignorierten und vergaßen, daß es ihn überhaupt gab.

Als ich noch ein Junge war, habe ich oft Äpfel von den Bäumen bei seinem Haus oben in der Mason's Lane gestohlen. Er hat mich oft gesehen. Nein, das stimmt nicht. Ich will mal so sagen, ich habe oft gespürt, daß er mich sah. Ich habe gespürt, daß er hinter den Gardinen seines Hauses hervorstarrte. Und ich bin nicht der einzige gewesen. Viele von uns sind gekommen, um seine Äpfel zu stehlen, allein und in Gruppen, und es ist möglich, daß er beschlossen hat, die Bezahlung für all die Äpfel auf seine eigene absonderliche Weise einzutreiben.

Und doch bin ich sicher, daß es nicht die Äpfel gewesen sind.

Mein Vater, der nie auch nur einem einzigen Lebewesen etwas Böses wollte, glaubt immer noch, daß Gleason uns etwas Gutes tun wollte, daß er die Stadt mehr geliebt hat als jeder andere von uns. Mein Vater sagt, wir haben die Stadt in Gedanken schlecht behandelt. Wir haben dieses kleine Tal lediglich als Rastplatz benutzt. Irgendwo auf dem Weg nach irgendwohin. Selbst diejenigen von uns, die schon seit vielen Jahren hier sind, haben die Stadt nie ernst genommen. Gewiß, der Ort ist hübsch. Die Hügel sind grün und die Wälder dicht. Der Fluß wimmelt von Fischen. Aber es ist nicht der Ort, wo wir gerne wären.

Jahrelang haben wir die Filme im Roxy angeschaut und, wenn nicht gar von Amerika, so doch von unserer Hauptstadt geträumt. Für unsere eigene Stadt, sagt mein Vater, kennen wir nur Verachtung. Wir haben sie schlecht behandelt, wie eine Hure. Wir haben die riesigen, schattenspendenden Bäume auf der Hauptstraße gefällt, um daraus Türen für die Schule und Sitze für das Fußballstadion zu machen. Wir haben überall in der Landschaft große Löcher hinterlassen, aus denen wir Braunkohle geholt und nichts zurückgegeben haben.

Die Handelsreisenden, die bei George dem Griechen Fisch und Chips kaufen, machen sich mehr aus uns als wir selbst, denn wir alle haben Träume von der Großstadt, von Reichtum, von modernen Häusern, von großen Autos: Amerikanische Träume hat mein Vater sie genannt.

Mein Vater betrieb zwar eine Tankstelle, aber er war auch Erfinder. Den ganzen Tag saß er in seinem Büro und zeichnete seltsame Apparaturen auf die Rückseite von Lieferscheinen. Jeder im Haus herumliegende Papierfetzen war von diesen kleinen Zeichnungen bedeckt, und meine Mutter pflegte bei jedem noch so kleinen Stück Papier immer sehr genau zu überlegen, ob sie es wegwerfen sollte. Sie pflegte beide Seiten eines jeden Stücks Papier eingehend zu betrachten und jedes, das auch nur einen Bleistiftstrich aufwies, aufzubewahren.

Ich glaube, deswegen hatte mein Vater auch das Gefühl, Gleason zu verstehen. Er sagte es zwar nie ausdrücklich, aber er ließ erkennen, daß er Gleason verstand, weil auch er sich mit ähnlichen Problemen beschäftigte. Mein Vater arbeitete an Plänen für eine riesige Kiesmaschine, gelegentlich wurde er jedoch abgelenkt und interessierte sich für etwas anderes.

So zum Beispiel damals, als Dyer, der Fleischer,

sich ein neues Fahrrad mit Gangschaltung kaufte und mein Vater eine Zeitlang von nichts anderem als von der Gangschaltung redete. Oft sah ich ihn auf der anderen Straßenseite neben Dyers Fahrrad kauern, als würde er mit ihm sprechen.

Wir alle fuhren Fahrrad, weil wir kein Geld für etwas besseres hatten. Zwar besaß mein Vater einen alten Chev-Laster, aber er benutzte ihn selten, und gerade kommt mir der Gedanke, daß es da vielleicht irgendein technisches Problem gab, das einfach nicht zu lösen war, aber vielleicht hat er ihn auch bloß geschont, weil er ihn nicht so rasch verschleißen wollte. Normalerweise fuhr er überallhin mit dem Fahrrad, und als ich noch jünger war, nahm er mich auf der Rahmenstange mit, und wir mußten jedesmal absteigen, um mühsam die Steigung zu erklimmen, die in die Hauptstraße und aus ihr herausführte. Leute, die Fahrräder schoben, waren ein alltäglicher Anblick in unserer Stadt. Die Fahrräder waren ebenso sehr Last wie Transportmittel.

Auch Gleason besaß ein Fahrrad, und zur Lunchzeit schob und fuhr er jedesmal vom Landkreisamt nach Hause zu seinem kleinen Schindelhaus draußen in der Mason's Lane. Das war eine Fahrt von drei Meilen, und die Leute behaupteten, er gehe zum Lunch nach Hause, weil er pingelig sei und weder die belegten Brote seiner Frau noch die warme Mahlzeit essen wollte, die man in Mrs. Lessings Café bekommen konnte.

Aber solange Gleason sein Fahrrad zwischen dem Landkreisamt und seinem Haus hin und her-fuhr und -schob, ging in unserer Stadt alles seinen gewohnten Gang. Erst als er pensioniert wurde, begannen die Dinge in unserer Stadt schiefzulaufen.

Denn damals begann Mr. Gleason, den Bau der Mauer um das zwei Morgen große Grundstück oben auf Bald Hill zu beaufsichtigen. Er bezahlte zuviel für das Land. Er kaufte es von Johnny Weeks, der mittlerweile, da bin ich sicher, glaubt, er sei schuld an den Ereignissen, erstens, weil er Gleason übervorteilt, zweitens, weil er ihm überhaupt das Land verkauft hat. Aber Gleason heuerte ein paar Chinesen an und nahm den Bau seiner Mauer in Angriff. Da wußten wir, daß wir ihn beleidigt hatten. Mein Vater fuhr den ganzen Weg nach Bald Hill hinaus und versuchte, Mr. Gleason seine Mauer auszureden. Er sagte, wir brauchten keine Mauern zu bauen. Niemand wollte Mr. Gleason oder dem, was er auch immer auf Bald Hill zu tun beabsichtige, nachspionieren. Er sagte, niemand interessiere sich auch nur im mindesten für Mr. Gleason. Mr. Gleason, adrett in einem neuen Sportjackett, polierte seine Brille und blickte mit vagem Lächeln auf seine Füße. Während mein Vater zurückradelte, kam ihm der Gedanke, daß er zu weit gegangen sei. Natürlich hatten wir ein Interesse an Mr. Gleason. Er radelte zurück und lud ihn ein, zu einer Tanzveranstaltung zu kommen, die am nächsten Freitag stattfinden sollte, aber Mr. Gleason sagte, er tanze nicht.

»Also gut«, sagte mein Vater, »dann halt irgendwann, schauen Sie einfach mal vorbei.«

Mr. Gleason machte sich wieder an die Beaufsichtigung seiner Familie von chinesischen Arbeitern an seiner Mauer.

Bald Hill ragte hoch über die Stadt, und von der kleinen Tankstelle meines Vaters aus konnte man dasitzen und zusehen, wie die Mauer immer höher wurde. Es war ein interessanter Anblick. Ich sah zwei Jahre lang zu, während ich auf Kunden wartete, die selten kamen. Nach der Schule und samstags hatte ich soviel Zeit, wie ich wollte, dem quälend langsamen Wachsen von Mr. Gleasons Mauer zuzusehen. Es marterte einen wie eine Uhr. Manchmal konnte ich die chinesischen Arbeiter sehen, wie sie im Trott hin- und herliefen und auf langen hölzernen Planken Ziegelsteine schleppten. Der Hügel war kahl, und auf dieser Kahlheit baute Mr. Gleason aus irgendeinem Grund eine Mauer.

Anfangs hielten es die Leute für sonderbar, daß jemand auf Bald Hill eine so große Mauer baute. Das einzige, was Bald Hill zu bieten hatte, war die Aussicht auf die Stadt, und Mr. Gleason baute eine Mauer, die eben diese Aussicht verstellte. Die oberste Erdschicht war dünn, und an manchen Stellen kam der nackte Lehm durch. Hier würde nie etwas wachsen. Jedermann nahm an, daß Gleason schlicht verrückt geworden war, und nach anfänglichem Interesse nahm man seine Verrücktheit ebenso hin, wie man seine Mauer und wie man Bald Hill selbst hinnahm.

Bisweilen pflegte jemand zum Tanken an der Tankstelle meines Vaters anzuhalten und sich nach der Mauer zu erkundigen, und mein Vater zuckte dann nur die Schultern, und mir wurde erneut bewußt, wie seltsam sie doch war.

»Ein Haus?« fragten die Fremden gewöhnlich. »Oben auf dem Hügel?«

»Nein«, pflegte mein Vater zu sagen, »'n Bursche namens Gleason baut eine Mauer.«

Und die Fremden wollten wissen warum, und mein Vater zuckte jedesmal die Schultern und schaute wieder mal zum Bald Hill hinauf. »Ich will verdammt sein, wenn ich es weiß«, pflegte er zu sagen.

Gleason wohnte immer noch in seinem alten Haus in der Mason's Lane. Es war ein schlichtes Schindelhaus mit einem Rosengarten davor, einem Gemüsegarten entlang der Seite und einem Obstgarten hinter dem Haus.

Nachts pflegten wir Kinder bisweilen mit dem Fahrrad zum Bald Hill hinauszufahren. Es war eine anstrengende, an den Muskeln zerrende Fahrt, deren schlimmstes Stück eine steil ansteigende, ungepflasterte Straße war, wo wir, mit in der Nachtluft rasselnden Lungen, unsere Räder schließlich hinaufschoben. Wenn wir oben angekommen waren, sahen wir nichts als Mauern. Einmal rissen wir einen

174

Teil des Mauerwerks nieder, und ein anderes Mal warfen wir Steine auf die Zelte, in denen die chinesischen Arbeiter schliefen. So machten wir unserem Ärger über dies unerklärliche Ding Luft.

Die Mauer muß wohl am Tag vor meinem zwölften Geburtstag fertig geworden sein. Ich erinnere mich daran, wie wir zu einem Geburtstagspicknick zum Eleven Mile Creek gingen und an einer Biegung des Flusses, von wo aus man die Mauern auf Bald Hill sehen konnte, ein Feuer anzündeten und Koteletts grillten. Ich erinnere mich, wie ich mit einem heißen Kotelett in der Hand dastand und jemand sagte: »Seht mal, sie gehen!«

Wir standen am Bachbett und sahen zu, wie die chinesischen Arbeiter ihre Fahrräder langsam den Hügel hinunterschoben. Jemand sagte, sie würden oben in der Mine an der A. 1 einen Schlot bauen, und da steht heute auch ein hoher Ziegelsteinschlot, also nehme ich an, daß sie ihn tatsächlich gebaut haben.

Als sich die Neuigkeit verbreitete, daß die Mauern fertig waren, ging fast die ganze Stadt hinaus, um sie sich anzusehen. Sie umrundeten die vier Mauern, die so interessant waren, wie Ziegelsteinmauern eben sind. Sie standen vor den großen Holztoren und versuchten hindurchzuspähen, aber alles, was sie erkennen konnten, war eine kleine Blendwand, die offensichtlich eigens deshalb errichtet worden war. Die Mauern selbst waren zehn Fuß hoch und oben mit Glasscherben und Stacheldraht gesichert. Als offensichtlich wurde, daß wir nicht würden herausfinden können, was das Geviert enthielt, gaben wir allesamt auf und gingen nach Hause.

Mr. Gleason kam schon lange nicht mehr in die Stadt. Stattdessen kam seine Frau, zog einen Handwagen von der Mason's Lane zur Hauptstraße hinunter, füllte ihn mit Lebensmitteln und Fleisch (sie kauften nie Gemüse, sie bauten selber welches an) und zog ihn wieder zur Mason's Lane hinauf. Bisweilen sah man sie mit dem Handwagen auf halber Höhe des Gell Street Hügels stehen. Einfach dastehen und Atem schöpfen. Niemand fragte sie wegen der Mauer. Man wußte, daß sie mit der Mauer nichts zu tun hatte, und sie tat einem leid, weil sie mit der Last des Handwagens und der Verrücktheit ihres Mannes fertigwerden mußte. Auch als sie anfing, Dixons Eisenwarenhandlung aufzusuchen und Gips und Dosen mit Farbe und Imprägniermasse zu kaufen, fragte sie niemand, wofür das alles sei. Sie hatte eine Art, den Blick abzuwenden, die erkennen ließ, daß sie schreckliche Angst vor Fragen hatte. Der alte Dixon trug den Gips und die Farbdosen für sie zum Wagen hinaus und sah zu, wie sie sie wegkarrte. »Arme Frau«, sagte er, »arme geschlagene Frau.«

Von der Tankstelle, wo ich dasaß und vor mich hinträumte, oder von der Abgeschiedenheit des Büros aus, wo ich trübsinnig in den Regen hinausstarrte, konnte ich bisweilen sehen, wie Gleason sein von Mauern umgebenes Geviert betrat oder verließ, eine winzige Gestalt hoch oben auf Bald Hill. Und dann dachte ich »Gleason«, aber mehr auch nicht.

Gelegentlich fuhren Fremde hinauf, um zu sehen, was dort vor sich ging, oftmals angestachelt von Einheimischen, die ihnen erzählten, es sei ein chinesischer Tempel oder sonst etwas Abwegiges. Einmal veranstaltete eine Gruppe Italiener außerhalb der Mauern ein Picknick, und sie photographierten einander, wie sie vor dem geschlossenen Tor standen. Gott weiß, für was sie das Ganze hielten.

Ganze fünf Jahre lang aber, zwischen meinem zwölften und meinem siebzehnten Geburtstag, gab es nichts, was mich an Gleasons Mauern interessiert hätte. Diese Jahre sind mir mittlerweile entschwunden, und es gibt nur sehr wenig, was mir aus dieser Zeit im Gedächtnis geblieben ist. Ich verknallte mich in Susy Markin und fuhr ihr auf dem Nachhauseweg vom Schwimmbad mit dem Fahrrad nach. Ich saß im Kino hinter ihr und strich an ihrem Haus vorbei. Dann zogen ihre Eltern in eine andere Stadt, und ich saß in der Sonne und wartete darauf, daß sie zurückkämen.

Wir fingen an, uns für Modernisierung zu begeistern. Als man bunte Anstreichfarben kaufen konnte, drehte die ganze Stadt durch, und über Nacht erblühten Häuser in leuchtenden Farben. Aber die Farben waren nicht von guter Qualität, verblaßten rasch und blätterten ab, so daß die Stadt wie ein Garten verwelkter Blumen aussah. Wenn ich an diese Jahre zurückdenke, so ist das einzig Wirkliche, was mir im Gedächtnis geblieben ist, das leise Zischen von Fahrradreifen auf der Hauptstraße. Wenn ich jetzt daran zurückdenke, so kommt es mir sehr friedlich vor, aber dann fällt mir ein, daß das Geräusch in mir ein Gefühl der Melancholie hervorrief, ein Gefühl, das irgendwie mit den frühen Abenden zu tun hatte, wenn die Sonne hinter Bald Hill unterging und die Stadt sich so traurig ausnahm wie eine leere Tanzhalle am Sonntag nachmittag.

Und dann, irgendwann im Laufe meines siebzehnten Lebensjahrs, starb Mr. Gleason. Wir bekamen es mit, als wir Mrs. Gleasons Handwagen draußen vor Phonsey Joys Bestattungsinstitut stehen sahen. Er sah sehr traurig aus, dieser Handwagen, wie er so allein auf der windgepeitschten Straße stand. Wir kamen und schauten auf den Handwagen, und Mrs. Gleason tat uns leid. Sie hatte nicht viel vom Leben gehabt.

Phonsey Joy brachte den alten Mr. Gleason zum Friedhof bei der Parwan-Bahnstation hinaus, und Mrs. Gleason fuhr in einem Taxi hinterher. Die Leute sahen den alten Leichenwagen vorbeifahren und dachten, »Gleason«, und mehr auch nicht.

Und dann, weniger als einen Monat nachdem Gleason draußen auf dem einsamen Friedhof bei der Parwan-Bahnstation beerdigt worden war, kamen die chinesischen Arbeiter zurück. Wir sahen, wie sie ihre Fahrräder den Hügel hinaufschoben. Ich stand bei meinem Vater und Phonsey Joy und fragte mich, was das zu bedeuten hatte.

Und dann sah ich Mrs. Gleason, wie sie mühsam den Hügel hinaufstieg. Ich hätte sie beinahe nicht erkannt. denn sie hatte ihren Handwagen nicht dabei. Sie trug einen schwarzen Schirm und ging langsam Bald Hill hinauf, und erst als sie anhielt, um Atem zu schöpfen, und sich nach vorn beugte, erkannte ich sie.

»Es ist Mrs. Gleason«, sagte ich, »mit den Chinesen.«

Erst am nächsten Morgen aber wurde deutlich, was da vor sich ging. Die Leute säumten die Hauptstraße wie bei einer großen Beerdigung, nur anstatt zur Ecke Grant Street zu starren, schauten sie alle nach Bald Hill hinauf.

Den ganzen Tag und auch den ganzen nächsten Tag über strömten die Leute zusammen, um der Zerstörung der Mauern zuzusehen. Sie sahen die chinesischen Arbeiter hin und her huschen, aber erst als sie ein großes Stück der Mauer auf der der Stadt zugewandten Seite niedergerissen hatten, konnten wir erkennen, daß im Innern etwas war. Man konnte nicht sehen was, aber es war etwas da. Die Leute standen da und wunderten sich und machten sich gegenseitig auf Mrs. Gleason aufmerksam, wie sie hin und her ging und die Arbeit beaufsichtigte.

Und schließlich machte sich, einzeln und zu zweien, auf Fahrrädern und zu Fuß, die ganze Stadt auf den Weg hinauf nach Bald Hill. Mr. Dyer schloß seinen Fleischerladen, und mein Vater holte den alten Chev-Laster heraus, und wir kamen schließlich mit zwanzig Leuten an Bord oben auf Bald Hill an. Sie drängten sich auf der Ladefläche und hingen auf den Trittbrettern, und mein Vater steuerte grimmig zwischen den Massen von Fahrrädern hindurch und parkte da, wo der Feldweg wirklich steil wird. Wir stiegen dies letzte steile Stück Weg hinauf, ohne auch nur einen Moment zu ahnen, was wir oben vorfinden würden.

Es war sehr still da oben. Die chinesischen Arbeiter arbeiteten fleißig, bauten die dritte und vierte Mauer ab und säuberten die Steine, die sie ordentlich zu großen Stapeln schichteten. Mrs. Gleason sagte auch nichts. Sie stand in der noch verbliebenen Mauerecke und starrte herausfordernd auf die Leute aus der Stadt, die mit offenen Mündern da standen, wo eine andere Ecke gewesen war.

Und zwischen uns und Mrs. Gleason lag das unglaublich Schönste, das ich in meinem ganzen Leben gesehen habe. Einen Moment lang erkannte ich es nicht. Ich stand da mit offenem Mund und atmete seine erstaunliche Schönheit. Und dann erfaßte ich, daß es unsere Stadt war. Die Gebäude waren zwei Fuß hoch und ein wenig grob gezimmert, aber ganz genau nachgebildet. Ich bemerkte, wie Mr. Dyer verstohlen meinen Vater anstieß und ihm zuflüsterte, daß Gleason sogar das verblichene »E« im FLEISCHER-Schild über seinem Laden nicht entgangen war.

Ich glaube, in diesem Augenblick war jeder-mann von einem Gefühl schlichter Freude überwäl-tigt. Ich kann mich nicht entsinnen, mich jemals so ergriffen und glücklich gefühlt zu haben. Es war vielleicht eine kindische Regung, aber ich schaute zu meinem Vater auf und sah, wie ein Lächeln von solcher Wärme sich über sein Gesicht breitete, daß ich wußte, er fühlte genau wie ich. Später sagte er mir, er glaube, Gleason habe das Modell unserer Stadt genau für diesen Moment gebaut, um uns die Schönheit unserer Stadt erkennen zu lassen, Stolz auf uns selbst in uns zu wecken und den amerikanischen Träumen ein Ende zu setzten, für die wir so empfänglich waren. Denn alles andere, sagte mein Vater, habe nicht in Gleasons Absicht gelegen und das, was später passierte, habe er nicht voraussehen können.

Ich halte diese Meinung meines Vaters inzwi-schen für ein wenig sentimental und vielleicht auch beleidigend für Gleason. Ich persönlich glaube, daß er genau gewußt hat, was alles passieren würde. Vielleicht findet sich eines Tages der Beweis für meine Theorie. Bestimmt existieren irgendwelche persönliche Papiere, und ich bin der festen Über-zeugung, daß diese Papiere beweisen werden, daß er genau gewußt hat, was passieren würde.

Wir waren von dem Modell der Stadt so überwältigt, daß wir das Bemerkenswerteste daran zu-
nächst gar nicht bemerkt hatten. Nicht nur hatte
Mr. Gleason die Häuser und Läden unserer Stadt
nachgebaut, er hatte sie auch bevölkert. Als wir
auf Zehenspitzen die Stadt betraten, fanden wir
plötzlich uns selbst. »Sehen Sie mal«, sagte ich zu
Mr. Dyer, »da sind Sie.«

Und da war er, in seiner Fleischerschürze vor
seinem Laden stehend. Als ich mich bückte, um die
winzige Figur näher zu betrachten, war ich ver-
blüfft vom Ausdruck auf dem Gesicht. Die Nachbil-
dung war grob, die Bemalung unbeholfen und das
Gesicht etwas zu weiß, aber der Gesichtsausdruck
war absolut getroffen: diese spöttisch gekräuselten
Lippen und hochgezogenen Augenbrauen. Es war
Mr. Dyer und niemand sonst auf der Welt.

Und da neben Mr. Dyer war mein Vater, wie er
auf dem Bürgersteig hockte und liebevoll die
Gangschaltung von Mr. Dyers Fahrrad betrachtete,
das Gesicht von Schmierfett und Hoffnung gezeichnet.

Und da war ich, hinten an der Tankstelle, in einer amerikanischen Pose gegen eine Zapfsäule gelehnt und im Gespräch mit Brian Sparrow, der mich
mit seinen Clownereien amüsierte.

Phonsey Joy neben seinem Leichenwagen stehend. Mr. Dixon in seinem Eisenwarengeschäft sitzend. Alle, die ich kannte, waren in dieser winzigen
Stadt. Wenn sie nicht auf den Straßen oder in ih-

ren Hinterhöfen standen, so fand man sie in den Häusern, und es dauerte nicht lange, bis wir herausfanden, daß man die Dächer abnehmen und hineinschauen konnte. Wir gingen auf Zehenspitzen durch die Straßen, lugten einander in die Fenster, hoben einander die Dächer ab, bewunderten gegenseitig unsere Gärten, und während wir damit beschäftigt waren, machte sich Mrs. Gleason in aller Stille davon, den Hügel hinunter zur Mason's Lane. Sie sprach mit niemandem, und niemand sprach mit ihr.

Ich gestehe, daß ich es war, der das Dach von Cavanaghs Haus abhob. Und so war ich es, der Mrs. Cavanagh mit dem jungen Craigie Evans im Bett fand.

Lange Zeit stand ich einfach da, kaum begreifend, was ich da sah. Lange, lange Zeit starrte ich die beiden an. Und als ich schließlich begriff, was ich da sah, überkam mich ein so unglaubliches Gemisch von Eifersucht und Schuldgefühlen und Verwunderung, daß ich nicht wußte, was ich mit dem Dach anfangen sollte.

Phonsey Joy war es schließlich, der mir das Dach aus den Händen nahm und es sorgsam wieder auf das Haus setzte, genau so, wie er den Dekkel auf einen Sarg gesetzt haben würde. Inzwischen hatten auch andere Leute gesehen, was ich gesehen hatte, und es sprach sich in Windeseile herum.

Und dann standen wir alle in kleinen Gruppen

herum und betrachteten die Modellstadt mit einem Gefühl, das nur Angst gewesen sein kann. Wenn Gleason über Mrs. Cavanagh und Craigie Evans Bescheid gewußt hatte (und niemand sonst hatte Bescheid gewußt), was mochte er dann sonst noch wissen? Diejenigen, die sich in der Stadt noch nicht gefunden hatten, begannen ein wenig nervös auszusehen und waren unsicher, ob sie sich suchen sollten oder nicht. Still starrten wir die Dächer an und fühlten Mißtrauen und Schuld.

Wir gingen dann alle ganz still den Hügel hinunter, so wie Leute von einer Beerdigung weggehen, nur das Knirschen der Kiesel unter unseren Füßen im Ohr, und die Frauen hatten Schwierigkeiten mit ihren hohen Absätzen.

Am nächsten Tag wurde auf einer Sondersitzung der Kreisversammlung ein Beschluß verabschiedet, in dem Mrs. Gleason aufgefordert wurde, die Modellstadt zu zerstören, mit der Begründung, sie verstoße gegen die Bauvorschriften.

Unglücklicherweise wurde diese Anordnung nicht ausgeführt, bevor die Stadtzeitungen davon Wind bekamen. Es war noch kein Tag vergangen, da schritt die Regierung ein.

Die Modellstadt und ihre Modellbewohner seien zu erhalten. Der Minister für Tourismus kam in einem großen schwarzen Auto und hielt uns im Fußballstadion eine Rede. Wir saßen auf den hohen, in Reihen übereinander angeordneten Sitzen und aßen Kartoffelchips, während er gegen den

Zaun gelehnt dastand und zu uns sprach. Wir konnten ihn nicht sehr gut verstehen, aber wir verstanden genug. Er bezeichnete die Modellstadt als Kunstwerk, und wir starrten ihn grimmig an. Er sagte, sie würde sich als unschätzbare Touristenattraktion erweisen. Er sagte, von überallher würden Touristen kommen, um die Modellstadt zu besichtigen. Wir würden berühmt werden. Unsere Geschäfte würden florieren. Es würde Arbeit geben für Fremdenführer und Dolmetscher und Wärter und Taxifahrer und Leute, die Limonade und Eiscreme verkauften.

Die Amerikaner würden kommen, sagte er. In Bussen, in Autos und mit der Bahn würden sie unsere Stadt besuchen. Sie würden Photos machen und von Dollars geschwellte Brieftaschen mitbringen. Amerikanische Dollars.

Wir schauten den Minister mißtrauisch an, fragten uns, ob er das mit Mrs. Cavanagh wußte, und er muß den Blick wahrgenommen haben, denn er sagte, gewisse umstrittene Stücke würden natürlich, seien bereits entfernt. Wir rührten uns in unseren Sitzen, wie im Kino, wenn ein besonders spannender Teil eines Films den Höhepunkt erreicht hat, und dann entspannten wir uns und hörten dem zu, was der Minister zu sagen hatte. Und erneut begannen wir alle, unsere amerikanischen Träume zu träumen.

Wir sahen unsere großen, eleganten Autos durch hell erleuchtete Städte gleiten. Wir gingen in teure Nachtklubs und tanzten bis zum Morgengrauen. Wir schliefen mit Frauen wie Kim Novak und Männern wie Rock Hudson. Wir tranken Cocktails. Wir blickten gelangweilt in essensgefüllte Kühlschränke und bereiteten uns verschwenderische mitternächtliche Imbisse, die wir aßen, während wir auf riesige Fernseher starrten, in denen wir kostenlos und für alle Zeiten amerikanische Filme sehen konnten.

Wie jemand aus unseren amerikanischen Träumen bestieg der Minister sein großes schwarzes Auto und glitt langsam von unserem schäbigen Sportplatz, und die Zeitungsleute kamen und schwärmten mit ihren Kameras und Notizblöcken über das Stadion. Und am nächsten Tag waren wir überall in den Zeitungen. Die Photos der Modelle neben den Photos der wirklichen Leute. Und unsere Namen, unser Alter und was wir arbeiteten, alles stand schwarz auf weiß da.

Sie interviewten Mrs. Gleason, aber sie sagte nichts von Belang. Sie sagte, die Modellstadt sei das Hobby ihres Mannes gewesen.

Jetzt fühlten wir uns alle wohl. Es war schön, ein Photo von sich in der Zeitung zu sehen. Und wieder änderten wir unsere Meinung über Gleason. Die Kreisversammlung trat erneut zusammen und benannte den Feldweg hinauf zum Bald Hill »Gleason Avenue«. Dann gingen wir alle nach Hause und warteten auf die Amerikaner, die man uns versprochen hatte.

Es dauerte nicht lange, bis sie kamen, obwohl es uns damals wie eine Ewigkeit vorkam, und wir verbrachten sechs lange Monate, in denen wir mit unserem Leben nicht mehr anzufangen wußten, als auf die Amerikaner zu warten.

Nun, sie kamen also. Und ich will Ihnen erzählen, auf was das Ganze für uns hinausgelaufen ist.

Jeden Tag kommen die Amerikaner in Bussen und Autos, und die Jüngeren kommen manchmal mit der Bahn. Mittlerweile gibt es eine kleine Landebahn draußen in der Nähe des Parwan-Friedhofs, und auch dort kommen sie an, in kleinen Flugzeugen. Phonsey Joy fährt sie zum Friedhof, wo sie Gleasons Grab besichtigen, und dann hinauf nach Bald Hill, und dann in die Stadt hinunter. Das alles bringt ihm eine Menge ein. Es tut gut, daß es wenigstens einem etwas einbringt. Phonsey Joy ist dabei, in der Stadt ein großer Mann zu werden und sitzt in der Kreisversammlung.

Auf Bald Hill gibt es ein halbes Dutzend Fernrohre, durch die die Amerikaner auf die Stadt schauen und sich vergewissern können, daß es die gleiche Stadt wie auf Bald Hill ist. Herb Gravney verkauft ihnen Eiscreme und Limonade und zusätzliche Filme für ihre Kameras. Auch ihm bringt es etwas ein. Er hat Mrs. Gleason das ganze Modell abgekauft und verlangt fünf amerikanische Dollar Eintritt. Auch Herb sitzt jetzt in der Kreisversammlung. Ihm bringt es wirklich etwas ein. Er verkauft ihnen Filme, so daß sie Photos von den Häusern und den Modelleuten machen und mit ihren Spezialplänen in die Stadt herunterkommen und den wirklichen Leuten nachjagen können.

Um die Wahrheit zu sagen, die meisten von uns haben die ganze Sache ziemlich über. Sie kommen und suchen meinen Vater und verlangen von ihm, auf die Gangschaltung von Dyers Fahrrad zu starren. Ich sehe zu, wie mein Vater langsam, mit hängendem Kopf, die Straße überquert. Er grüßt die Amerikaner nicht mehr. Er fragt sie nicht mehr über Farbfernsehen und Washington D.C. aus. Er kniet vor Dyers Fahrrad auf dem Bürgersteig. Sie stehen um ihn herum. Oft erinnern sie sich nicht richtig an das Modell und versuchen, meinen Vater dazu zu bringen, die falsche Pose einzunehmen. Anfänglich hat er noch mit ihnen diskutiert, aber mittlerweile diskutiert er nicht mehr. Er tut, was sie von ihm verlangen. Sie lassen ihn diese und jene Haltung einnehmen und machen ein Getue um seinen Gesichtsausdruck, der längst nicht mehr das ist, was er einmal war.

Dann weiß ich, daß sie mich suchen werden. Ich bin der nächste auf dem Stadtplan. Aus irgendeinem Grunde bin ich sehr populär. Sie machen sich auf die Suche nach mir und meiner Zapfsäule, wie sie es jetzt schon seit vier Jahren tun. Ich erwarte sie nicht gerade sehnsüchtig, denn noch bevor sie mich erreicht haben, weiß ich schon, daß sie enttäuscht sein werden.

»Aber das ist ja gar nicht der Junge.«

»Doch«, sagt Phonsey, »das ist er schon.« Und er läßt mich mein Zertifikat vorzeigen.

Argwöhnisch betrachten sie das Zertifikat, befühlen das Papier, als sei es vielleicht eine geschickte Fälschung. »Nein«, erklären sie. (Amerikaner sind so anmaßend.) »Nein«, sie schütteln den Kopf, »das ist nicht der richtige Junge. Der richtige Junge ist jünger.«

»Er ist älter geworden. Früher war er jünger.« Phonsey schaut mißmutig, wenn er es ihnen sagt. Er kann es sich leisten, mißmutig zu schauen.

Die Amerikaner starren mir aus nächster Nähe ins Gesicht. »Es ist ein anderer Junge.«

Aber schließlich holen sie ihre Kameras hervor. Ich stehe mürrisch da und versuche, belustigt auszusehen, wie früher. Gleason hat mich belustigt gesehen, aber ich weiß nicht mehr, wie das war. Ich schaue auf Brian Sparrow. Aber Brian hat auch genug. Für ihn ist es schwierig, seine Clownereien vorzuführen, und die Amerikaner finden seine kleine Vorstellung nicht komisch. Sie ziehen das Modell vor. Traurig sehe ich ihm zu, voller Mitleid, daß er für ein so borniertes Publikum spielen muß.

Die Amerikaner bezahlen einen Dollar dafür, daß sie uns photographieren dürfen. Wenn sie bezahlt haben, machen sie sich Gedanken darüber, daß sie betrogen werden. Die ganze Zeit sind sie enttäuscht, und ich habe die ganze Zeit Schuldgefühle, daß ich sie irgendwie im Stich lasse, weil ich älter und trauriger geworden bin.

189

Die dicken Männer und
ihr Platz in der Geschichte

1

Seine Füße sind wund. Das Einkaufszentrum
scheint kein Ende zu nehmen, während er, die
Doppelbett-Laken unterm Arm, in wunderlichem
Shuffle-Schritt dahinschlurft. Es ist wie ein Alp-
traum – der Ausgang ist in Sicht, rückt aber kein
bißchen näher, die drückende Hitze, der unaufhörlich ihm entgegenbrandende Schwarm von Lei-
bern, wie Insekten, die von einem schnellfahrenden
Auto angezogen werden und abprallen.

Er schwitzt fürchterlich, versucht, ruhig zu wirken. Die Laken sind schlecht eingepackt. Er hat sie
selbst eingepackt, von seinem Wagemut selbst
überrascht. Er hat die Laken genommen (für Dop-
pelbetten, weil es in blau keine einfachen gab) und
ist zum Packtisch gegangen, wo er einen Bogen
Packpapier herausgezogen und sich an die Arbeit
gemacht hat. Zu einem Verkäufer, der ihn for-
schend ansah, hat er schüchtern lächelnd gesagt:
»Sie haben doch nichts dagegen?« Der Verkäufer
hat weggesehen.

Seine Hosen sind weit, schlaff und altmodisch. Glücklicherweise haben sie große Taschen, und diese Taschen enthalten im Moment einige Dosen geräucherte Austern. Die geräucherten Austern sind problemlos, sie stehen immer in großen Behältern vor dem Eingang zur Selbstbedienungsabteilung. Er hat sich oft gefragt, warum sie das tun, sie draußen hinstellen. Vielleicht, damit man sie leichter klauen kann, weil sie schwer verkäuflich sind? Ist es vielleicht ihre Methode, ihn und seine Freunde zu versorgen? Gibt es vielleicht sogar einen Dicken, der seine Anstellung im Einkaufszentrum behalten hat? Er findet Vergnügen an diesen Theorien, er hat eine Vorliebe für solche Konstruktionen, Ideengebäude zu errichten wie Kartenhäuser, sie immer höher zu türmen, bis ihm schwindelig wird und er vor ihrer Höhe erzittert.

Als er sich der Drehtür nähert, zögert er, versucht zu beurteilen, wie man am besten in das Ding hineingeht. Die Tür dreht sich schnell, speit Leute in das Geschäft, solche, die auf den letzten Drücker einkaufen. Er entscheidet sich für einen bestimmten Abschnitt und hastet vorwärts, um rechtzeitig hinzukommen. Deidre, so winzig und vogelgleich wie immer, wird aus der Drehtür geschleudert, stößt mit ihm zusammen, zischt ihm »Fettsack« zu und läßt ihn mit einem Gefühl dumpfen Erstaunens zurück, Überraschung, daß ein so hübsches Gesicht so unvermittelt solche Angst und solchen Haß auszudrücken vermag.

Natürlich war es nicht Deidre. Aber Alexander Finch denkt, daß sie es gewesen sein könnte. Während er traurig in der Drehtür kreist und langsam die Straße entlang geht, denkt er, wie seltsam es ist, daß die Revolution ausgerechnet diese eine Vorstellung hervorgebracht hat, die sein Leben so tiefgreifend beeinflussen sollte: Dicksein heißt, ein Unterdrücker sein, gierig sein, vorrevolutionär sein. Unmöglich zu sagen, ob dieser Gedanke aus dem Volk kam oder ihm von der Propaganda der Revolution eingefüttert wurde. Gewiß waren in den Jahren vor der Revolution die meisten Dicken entweder Amerikaner, Handlanger der Amerikaner oder reiche Sympathisanten der Amerikaner. Aber in jenen Jahren waren die Leute vernünftiger und konnten den Gedanken akzeptieren, daß es Dicke gab wie Alexander Finch, die gegen die Amerikaner und das alte Danko-Regime waren.

Alexander Finch hatte stets von sich geglaubt, er besitze ein liebenswertes Gesicht und eine ebensolche Figur. Er hatte das nicht gedacht, weil er eingebildet war. In der Schule hatten sie ihn »Kuschel« genannt, und bei der Zeitung rief ihn jeder »Teddy« oder »Teddybär«. Er hatte seine Cartoons mit »Teddy« signiert, und wenn er sich selbst in einem Cartoon auftreten ließ, dann stets als zerstreuten, rundlichen Mann mit großem Hintern, der mit freundlichem, väterlichem Blick auf die Possen der Welt herabsah.

Aber irgendwie hatte sich die Art, wie die Welt

Alexander Finch, und wie infolgedessen Alexander Finch sich selbst sah, langsam verändert. Er war gezwungen worden, sich in einen anderen Cartoon zu verwandeln, einen seiner »dicken Amerikaner«: grotesk, gierig, ein Feind des Volkes.

Die Veränderung war jedoch nicht gleich in der ersten Zeit nach der Revolution eingetreten. Und wenn, dann war Finch zu beschäftigt, um es zu bemerken. Als Sekretär des Zweiunddreißigsten Distrikts machte er Notizen, fertigte Protokolle an, schrieb wöchentliche Verlautbarungen, verfaßte alle zehn Tage Berichte an das Zentralkomitee von Fünfundsiebzig und fand irgendwie immer noch Zeit, jeden Tag einen Cartoon für seine Zeitung zu zeichnen und daran zu denken, daß General Kooper sich mit »K« und nicht mit »C« schrieb (Miles Cooper nämlich war einer der infamen Verräter der Revolution). Außerdem war er dafür zuständig, den Zustand von Immobilien zu inspizieren und darüber zu berichten und Fällen von Not und Armut nachzugehen, wo immer er sie vorfand. Und wenn er in diesen ersten Tagen gelegentlich in unangenehme Mißverständnisse verwickelt wurde, dann betrachtete er sie einfach als solche und weiter nichts. Die Leute waren gewohnt, alle dicken Funktionäre entweder als Amerikaner oder Danko-Leute anzusehen, weil nur die Amerikaner und ihre Freunde damals soviel zu essen hatten, daß man davon dick werden konnte. Gelegentlich versuchte Finch, die drüsenbedingte Fettleibigkeit zu erklären und klarzustellen, daß er eigentlich kein Funktionär, sondern im Gegenteil der Cartoonist Teddy sei, der schon immer gegen Danko gewesen war.

In der ersten Zeit, als die Leute noch Hunger litten, war Finch manchmal wegen seiner Fettleibigkeit verlegen. Paradoxerweise trat die Frage der Fettleibigkeit jedoch erst in den Vordergrund, als die Lage sich besserte, als die Produktion den vorrevolutionären Stand erreicht und übertroffen hatte und als die Verteilungsprobleme schließlich mehr oder weniger bewältigt waren. Wenn überhaupt, dann gab es Überschußprobleme, und es war davon die Rede, Getreide zu Schleuderpreisen auf den Weltmarkt zu werfen. Statt dessen wurde es ins Meer geworfen.

Aber selbst damals verabschiedeten die Distriktkomitees und das Komitee von Fünfundsiebzig noch keinerlei Anträge, in denen direkt auf Dikke Bezug genommen wurde. Statt dessen drang das Wort »dick« klammheimlich als neues Adjektiv in die Sprache ein, als Synonym für gierig, häßlich, schlapp, faul, obszön, böse, schmutzig, unehrlich, unzuverlässig. Es war unfair. Es war keine gute Zeit für Dicke.

Alexander Finch, jetzt Sekretär der Untergrundorganisation »Dicke gegen die Revolution«, trägt seine gestohlenen Doppelbett-Laken und seine Dosen mit geräucherten Austern nordwärts durch die heißen Straßen der Stadt. Seine schmalen schrägliegenden Augen sind fast geschlossen, und er schaut durch einen tröstlichen Vorhang von Augenwimpern auf die Welt hinaus. Er geht langsam, ein dicker Mann in weißem Baumwollhemd, sackartigen grauen Hosen und mit einem leichten Hinken, das man auch als Watscheln ansehen könnte. Sein Hemd weist große Schweißflecken auf, wie Kleckse, absichtlich angebrachte Markierungen. Niemand rempelt ihn an. An den Ampeln stellt er sich auf eine Seite, abseits von der Menge. Das scheint auf gegenseitigem Einvernehmen zu beruhen.

Die Laken unter seinem Arm fühlen sich schwer und feucht an. Er ist nicht sicher, ob er nochmal davongekommen ist. Noch folgen sie ihm vielleicht (er wagt nicht, sich umzuschauen), folgen ihm zum Haus, um herauszufinden, was er sonst noch gestohlen hat. Er lächelte beim Gedanken an all die leeren Dosen mit geräucherten Austern im Verbrennungsofen im Hinterhof, all die Hunderte von Dosen, die sie finden werden. Und das Fäßchen Bier, das Fantoni gestohlen hat. Und den kleinen Buddha, den er für Fantonis Geburtstag gestohlen, dann aber irgendwie selbst behalten hat, denn er fühlte Mitleid (oder war es Zuneigung?) für die kleine, dicke Statue. Er wirft sich Selbstsucht vor, überlegt aber, daß ein wenig Selbstsucht für einen Dicken heutzutage wie ein Tonikum ist.

Zwei Jugendliche rennen an ihm vorbei, rempeln ihn von beiden Seiten an. Er nimmt an, daß es Absicht war, ist sich aber nicht sicher. Das ist typisch für seine gesamte Situation, eine Tyrannei der kleinen Tücken. Rauszufliegen aus seiner Stelle bei der einzigen Zeitung, die immer Verständnis gezeigt hatte für Kooper und seine Ansichten von »Schlampigkeit« und »Schreibfehlern«. Er hatte laut rausgelacht. »Schreibfehler«. Es war fast Tradition, daß Cartoonisten Schreibfehler machten. Man erwartete das bei ihnen, und seine Arbeit wurde immer gründlich auf Schreibfehler durchgesehen. Aber dann behaupteten sie auf einmal, seine Orthographie sei ein Ärgernis und koste Zeit, und überhaupt sei er »ganz allgemein schlampig in Kleidung und Auftreten«. Bedeutete »schlampig« in Wirklichkeit »dick«? Er hatte sie nicht gefragt. Er wollte sie nicht in Verlegenheit bringen.

2

Milligans Taxi ist vor dem Haus geparkt. Das Taxi ist wie Milligan: es strahlt und glänzt nur so und ist mit schillernden blauen und gelben Streifen bemalt. Milligan hat es selbst mit Sprayfarbe bemalt. Es sieht aus wie ein Boxauto aus dem Luna Park, mit seiner willkürlichen Ansammlung von rosa Sternen, die mit Schablone auf die Fahrertür aufgemalt sind.

Milligan schläft wahrscheinlich.

Hinter Milligans Taxi liegt ganz still und ganz

düster das Haus, mit einem Anstrich, wie ihn Bahn-
stationen und Schulen haben: hartes Grün und
schmutziges Creme. Rost scheint durch den cre-
mefarbenen Anstrich des gußeisernen Balkonge-
länders, und zwei Paar große, sackartige Unterhosen hängen schlapp von einer Leine auf der oberen
Veranda.

Es ist eines von sechs Häusern, alle genau gleich,
umringt von hohen Wohnblocks aus Beton und
Flächen brachliegenden Landes, auf dem trockene
Disteln wachsen. Die Straße ist eigentlich eine
Hauptstraße und hat noch immer etwas von ihrer
vorrevolutionären Pracht: Reihen hoher Ulmen bilden eine Allee, die in die Innenstadt führt.

Der kleine Vorgarten ist voller Unkraut und Glinos Rettichen. Finch öffnet vorsichtig die Eingangstür, hofft, daß es drinnen kühler sein wird, weiß
aber, daß das nicht der Fall ist. Im Halbdunkel ta-
stet er auf dem Boden herum, auf der Suche nach
Briefen. Es sind keine da – Fantoni muß sie aufge-
hoben haben. Er kann noch die dunklen Flecken an
der Tür erkennen, wo May gesessen und drei Stunden lang seinen Kopf dagegengeschlagen hat. Keiner hat sich darum gekümmert, das Blut wegzuwi-
schen.

Finch steht im dunklen Korridor und lauscht.
Das Haus macht den Eindruck eines Ortes, an dem
niemand arbeitet, einer Art von Teilnahmslosigkeit.
May ist oben und spielt seine Sibelius-Platte. Sie ist
ganz zerkratzt und macht May trübsinnig, aber er

hat nur diese eine Schallplatte und spielt sie unaufhörlich. Die Musik sickert durch die drückende Hitze im Korridor, und Finch hofft, daß Fantoni nicht in der Küche ist und seine »Korrespondenz« liest – er möchte nicht, daß Fantoni die Laken zu Gesicht bekommt. Langsam schlurft er den Korridor entlang, vorbei am Fuß der hohen, steilen Treppe, durch die seltsame kleine Kammer, in der Glino in zwei verbeulten Aluminiumtöpfen seine vegetarischen Mahlzeiten zu kochen pflegt, und betritt die Küche, wo Fantoni, in einem blumigen Hawaihemd und eine Zigarre rauchend, gerade seine »Korrespondenz« liest und dabei an dem großen Schnurrbart zupft, der seinen kleinen Mund teilweise verdeckt. Finch ist es oft seltsam vorgekommen, daß ein so großer Mann einen so kleinen Mund hat. Auch Fantonis Hände sind klein, aber seine Unterarme sind breit und muskulös. Sein Kopf ist fast kahlgeschoren, die denkbar kürzesten Stoppeln bedecken ihn, und sein Hinterkopf wird von ein paar seltsamen Streifen unterteilt. Fantoni ist der jüngste der sechs dicken Männer, die in dem Haus wohnen. Ex-Parkplatzwächter, ungefähr achtundzwanzig Jahre alt, ist er von allen der geschickteste Dieb. Ohne Fantoni wären sie alle dem Hungertod nahe, würden sich mit ihren Renten mühsam durchschlagen. Nur Milligan hat noch ein anderes Einkommen.

Fantoni hat überall Verbindungen. Er kann Essen besorgen. Er kann alles besorgen. Er kann alles besorgen, bis auf das Dynamit, das er braucht, um die Statue des 16. Oktober in die Luft zu sprengen. Seit zwei Monaten ist er schon auf der Suche nach dem Dynamit. Fantoni ist der Anführer und die treibende Kraft der »Dicken gegen die Revolution«. Die anderen sind wie eine gedungene Armee, kämpfen für Fantonis Sache, die darin besteht, »den kleinen Affen eine Lektion zu erteilen«.

Fantoni schaut nicht auf, als Finch eintritt. Er schaut nicht auf, als Finch ihn begrüßt. Er tut nichts, was darauf hindeutete, daß er Finchs Anwesenheit zur Kenntnis nimmt. Denn er ist mit »meiner Korrespondenz« beschäftigt, deren Inhalt er nie jemandem verraten hat. Diesmal ist Finch froh, daß Fantoni nicht aufschaut, und geht weiter, hinaus auf die Veranda mit dem Sonnendach aus grünem Fiberglas, vorbei an Fantonis brandneuem Fahrrad und Glinos Kräutern, den betonierten Weg entlang, am Küchenfenster vorbei, bis er das erreicht hat, was »die neuen Anbauten« heißt.

»Die neuen Anbauten« sind zwei Schlafzimmer, die auf der Rückseite des Hauses angebaut worden sind. Ihre Außenwände bestehen aus Wellblech, das in einem dunklen Rostrot gestrichen ist. Innen sehen sie ein wenig freundlicher aus. Eines ist leer. Finch hat das andere. Finchs Zimmer enthält lauter kleinen Krimskrams – Bücher, Papiere, seinen Buddha, einen Rubensdruck, Ansichtskarten aus Italien mit Reproduktionen von Gemälden der Renaissance. Er hat eine alte Islandkarte an der Wand über dem Kopfende des Sperrholz-Betts, einen grauen Ziegenfellvorleger, der die größten Löcher im braunen Filzteppich überdeckt, und eine chinesische Papierlampe über der nackten Glühbirne.

Er öffnet die Tür, tritt einen Schritt zurück und zieht ein Gesicht wie ein riesiger Dicker in einem Comic, um irgendeinem unsichtbaren Beobachter seinen Ekel zu zeigen.

Das Zimmer ist nicht isoliert. Und mit jedem Hitzetag ist es heißer und heißer geworden. Um 4 Uhr morgens wird es ein wenig kühler, und um 7 Uhr morgens beginnt es schon wieder aufzuheizen. Die Hitze läßt die seltsamen Gerüche früherer Bewohner zutage treten, seltsame Ausdünstungen und Hoffnungen entströmen in der Hitze, ein Geisterhauch von Träumen und verschüttetem Fichtennadelöl.

Das Fenster läßt sich nicht öffnen. Es gibt kein Fliegengitter an der Tür. Er hat die Wahl zwischen Ersticken und Moskitos.

Vor einem Jahr erst hat er eine Serie von Cartoons über Wohnbedingungen gezeichnet. Er hatte Wellblechhütten dargestellt, riesige Fliegen, wilde Ratten und Danko selbst, wie er die Miete einsackte. Dankos Leute hatten ihm einen kurzen Besuch abgestattet, nachdem die vierte erschienen war. Sie drohten ihm, ihn wegen Verrats ins Gefängnis zu stecken, ihn zu verprügeln, ihn zu foltern. Er hatte furchtbare Angst, aber sie unternahmen nichts.

Und jetzt wohnt er in einem Zimmer aus Wellblech mit riesigen Schmeißfliegen und einer Ratte dann und wann. Auf seltsame Weise gefällt es ihm, daß er kein Beobachter mehr ist, aber es ist ein sehr geringes Vergnügen, zu gering, um ihm über das Gefühl der Verzweiflung hinwegzuhelfen, das die Gerüche und die erstickende Hitze in ihm wachrufen.

Er öffnet das nachlässig verschnürte Paket mit den Laken und breitet sie über das Bett. Das Blau ist kühl. Deshalb wollte er auch so unbedingt blau, weil es kühler ist als weiß und weil man den Schmutz darauf nicht so deutlich sieht. Die alten Laken haben ein ekelhaftes Braun angenommen. Wenn sie nicht im Inventar aufgeführt wären, würde er sie hinausbringen und verbrennen. Statt dessen rollt er sie zusammen und stopft sie unter das Bett.

Wenn Fantoni die Laken gesehen hätte, hätte es Krach gegeben. Wieder einmal hätte man ihm Genußsucht vorgeworfen, vorgeworfen, daß er Luxusgüter anstatt Nahrungsmittel stehle. Aber Fantoni kann immer ausreichend Nahrungsmittel besorgen.

Er schält sich die klebenden, schweißdurchtränkten Kleider vom Leib und wirft sie auf den Ziegenfellvorleger. Als er sich vornüberbeugt, um seine Socken auszuziehen, erhascht er einen Blick auf seinen Körper. Langsam, voller Verwunderung, richtet er sich auf. Er ist Alexander Finch, dessen

Vater Senti hieß, sich jedoch Finch nannte, weil er auf dem Schwarzmarkt amerikanische Zigaretten verkaufte und den Namen Finch für sehr amerikanisch hielt. Er ist Alexander Finch, fünfunddreißig Jahre alt, sehr dick, sehr müde und plötzlich hoffnungslos traurig. Er hat vier dicke Fettwülste, die wie ein an seinem Nabel aufgehängter Vorhang aus Fleisch herabwallen. Seine Ersatzreifen. Er hält das Fett in der Hand, knetet es, würde es am liebsten abreißen. Er knetet es, bis es weh tut, und knetet dann noch fester. Trotz all der Rubensdrukke, trotz all der kleinen Buddhas ist er nicht mehr stolz oder auch nur froh, dick zu sein. Er ist nicht mehr Teddy. Aber er ist noch nicht Fantoni oder Glino – er haßt die kleinen Affen nicht. Und wie sehr er sich auch so gibt, er ist nie vollkommen überzeugend. Sie verdächtigen ihn der Milde.

Er ist Finch, dessen Vater Senti hieß, dessen Vater nicht dick war, dessen Mutter nicht dick war, dessen Großvater ohne weiteres Chong oder Ching geheißen haben könnte – wie sonst sind die schmalen Augen und das drahtige schwarze Haar zu erklären?

3

In dem Haus wohnen sechs dicke Männer: Finch, Fantoni, May, Milligan, Glino und ein Mann, der seinen Namen nicht gesagt hat. Der-Mann-der-seinen-Namen-nicht-verrät ist von Anfang an dagewesen. Er ist größer, schwerer und stärker als alle anderen, einschließlich Fantoni. Finch hat sein Gewicht auf zweiundzwanzig Stone geschätzt. Der-Mann-der-seinen-Namen-nicht-verrät hat ein breites, hartes Gesicht mit einer gebrochenen Nase. Überall wachsen ihm Haare, sie sprießen aus seiner Nase, seinen Ohren, gedeihen als große, buschige weiße Augenbrauen, auf seinen Händen, seinen Fingern und, wie Finch festgestellt hat, auf seinem breiten, runden Rücken. Er ist der einzige ursprüngliche Mieter. Wegen ihm hat Florence Nightingale Fantoni das Haus vorgeschlagen, weil sie meinte, daß er in einem anderen dicken Mann einen Freund finden würde. Fantoni hat Milligan eine Wohnmöglichkeit angeboten.

Ungefähr einen Monat später sind Finch und May die Allee des 16. Oktober (die einmal Königliche Parade hieß) entlanggeschlendert und haben drei Männer gesehen, die sich auf dem Balkon im oberen Stock vor Fantonis Zimmer unterhielten. Fantoni hat gewunken. May hat zurückgewunken, Milligan hat ihnen zugerufen heraufzukommen, und das taten sie dann auch. Glino ist eine Woche später eingezogen, er wurde mit einem

Empfehlungsschreiben von Florence Nightingale geschickt.

Es ist Fantoni gewesen, der den mittlerweile legendären Plan zur Entfernung der anderen Mieter ersonnen hat. Zwar hat der-Mann-der-seinen-Namen-nicht-verrät bei dem Plan nicht mitgemacht, aber er hat sich auch nicht eingemischt oder die Sache den Behörden gemeldet.

Der-Mann-der-seinen-Namen-nicht-verrät sagt wenig und bleibt für sich. Aber er sagt immer guten Morgen und gute Nacht und hat sich mit Finch einmal über Island unterhalten, an dem Tag, als Finch die Karte mit nach Hause brachte. Finch glaubt, daß er früher Seemann war, aber Fantoni behauptet, er sei Calsen, ein Amerikaner, der von der Universität geflogen ist, weil er eines von den »kleinen Knochengestellen« verführt hat.

Finch steht vor dem Spiegel, seine Hände wühlen in seinem Bauch. Er fragt sich, was Fantoni wohl sagen würde, wenn er wüßte, daß Finch früher mit zwei winzigen Mädchen, Deidre und Anne, verlobt gewesen war, zerbrechliche Mädchen mit zarten Kinderärmchen, die ihm vor der Revolution mit totaler und unvernünftiger Liebe zugetan waren, und er ihnen auch.

4

May legt Seite zwei seiner Sibelius-Platte auf
und beginnt einen weiteren Brief an seine Frau. Er
beginnt mit: Liebe Iris, nur ein paar Zeilen, um Dir
mitzuteilen, daß alles in Ordnung ist.

5

Finch sitzt in der Küche und blättert den Botti-
celli-Bildband durch, den er sich gerade gekauft
hat. Er hat die halbe Rente verschlungen. Die anderen sind nicht da. Behutsam wendet er jede Seite,
ebenso sehr in das teure Papier wie in die Reproduktionen verliebt.

Hinter sich hört er den Schlüssel in der Haustür.
Er legt das Buch in den Schrank unter der Spüle,
zwischen die Töpfe, und beginnt die Milchflaschen
zu spülen; es gibt Dutzende davon, alle schmutzig,
alle stinkend.

Aus dem Korridor ist Fluchen und Keuchen zu
vernehmen. Er hört Fantoni sagen, der kleine Gift-
zwerg, der kleine Scheißkerl. Glino sagt etwas. Ihre
Stimmen haben einen ungewöhnlichen drängenden Unterton. Kurz darauf kommen beide in die
Küche. Ihre Kleider sind schmutzbedeckt, aber Fantoni trägt einen Overall.

Glino sagt, wir sind beim Deer Park gewesen.

Beim Deer Park liegt eine Sprengstoffabrik. Fantoni redet seit Monaten davon. Niemand hat ihm sagen können, welche Sorte Sprengstoff sie da draußen herstellen, aber er ist davon überzeugt, daß es Dynamit ist.

Fantoni drängt Finch von der Spüle weg und beginnt sich den Schmutz von Händen und Gesicht zu waschen. Er sagt, die kleinen Giftzwerge hatten Kanonen.

Finch schaut zu Glino, der mit geschlossenen Augen an der Tür lehnt und seine Hände öffnet und schließt. Er zittert. Auf einer seiner runden zarten Wangen ist ein kleiner Kratzer zu sehen, und Blut sickert aus seiner durchscheinenden Haut. Er sagt, ich dachte, ich käm' schon wieder 'rein, ich dachte, wir würden todsicher einfahren.

Fantoni sagt, halt's Maul, Glino.

Glino sagt, Christus, wenn du je in einem drin gewesen bist, dann willst du nie mehr eins von innen sehen.

Er spricht vom Gefängnis. Die Angst hat wohl etwas von seiner Schüchternheit genommen. Er sagt, Christus, ich könnt's nicht aushalten.

Finch reicht Fantoni ein Geschirrtuch, damit er sich abtrocknen kann, und sagt, habt ihr das Dynamit gekriegt?

Fantoni sagt, ja was glaubst *du* denn? Höchste Zeit für dich zum Schlafengehen.

Finch geht hinaus, macht sich Sorgen um den Botticelli-Band.

6

Florence Nightingale wird bald kommen, um die Mieten zu kassieren. Offiziell kommt sie um 8 Uhr abends, aber sie wird heimlich schon um 7 Uhr 30 kommen, durch den Hinterhof, und Finch in den »neuen Anbauten« besuchen.

Finch hat früh geduscht und sich sorgfältig rasiert. Und er wartet in seinem Zimmer, bei geschlossener Tür, damit er ungestört bleibt, und prüft mit unruhigem Blick, ob auch alles aufgeräumt ist.

Diese Besuche werden den anderen gegenüber nie erwähnt, es besteht ein stillschweigendes Einverständnis darüber, daß sie nie davon erfahren.

An der Tür ertönt ein leises Pochen, und Florence Nightingale tritt mit scheuem Lächeln ein. Sie sagt, puh, die Hitze. Sie trägt ein einfaches gelbes Kleid und Ledersandalen, die im römischen Stil um ihre Waden geschnürt sind. Sie schließt die Tür mit übertriebener Sorgfalt und geht auf Zehenspitzen zu Finch hinüber, der, das Gesicht zu einem breiten Lächeln verzogen, dasteht.

Sie sagt, hallo Kuschel, und küßt ihn auf die Wange. Finch umarmt sie und klopft ihr sanft den Rücken. Er sagt, die Hitze . . .

Wie gewöhnlich sitzt Finch auf dem Bett, und Florence Nightingale kauert im Yogasitz auf dem Ziegenfellvorleger zu seinen Füßen. Finch hat einmal gesagt, du siehst aus, als hätte Modigliani dich gemalt. Und sich darüber gefreut, daß sie Modigliani kannte und von dem Vergleich geschmeichelt war. Sie hat ein schmales, glattes Gesicht mit einer in vertikaler, nicht aber in horizontaler Richtung langen Nase. Ihre Zähne sind gerade und regelmäßig, vielleicht ein wenig zu lang. Jetzt aber sind sie nicht zu sehen, ihre Lippen sind zu einem seltsamen stillen Lächeln geschlossen, das auf melancholische Veranlagung hindeutet. Gemeinsam genießen sie ihre Melancholie, Finch und Florence Nightingale. Ihre Augen, die grau sind, sind sehr groß und sehr weit offen, und sie schaut sich im Zimmer um, wie sie es jedesmal tut, und sucht nach Neuerwerbungen.

Sie sagt, es ist auf 103 Grad gestiegen . . . das Lenkrad war zu heiß zum Anfassen.

Finch sagt, ich war Einkaufen. Ich habe ein Buch über Botticelli besorgt.

Ihre Augen beginnen schneller im Zimmer umherzuschweifen. Sie sagt, wo, zeig's mir?

Finch kichert. Er sagt, es liegt im Küchenschrank. Fantoni ist zurückgekommen, als ich gerade beim Lesen war.

Sie sagt, du brauchst vor Fantoni keine Angst zu haben, er frißt dich schon nicht. Du hast ja blaue Laken, blaue *Doppelbett*-Laken. Sie zieht ihre Augenbrauen hoch.

Er sagt, hat nichts zu bedeuten, es war bloß wegen der Farbe.

Sie sagt, das glaub' ich nicht. Blaue *Doppelbett-*

Laken. Florence Nightingale liebt es, ihm eine geheime Liebesaffäre anzudichten, er weiß auch nicht, warum. Aber sie genießen das, diesen anzüglichen und unschuldigen Flirt. Finch ist sich nie sicher, was es damit eigentlich auf sich hat, aber er hat sich in bezug auf Florence Nightingale nie wirklich irgendwelche Hoffnungen gemacht, obgleich er sie im Schlaf und Halbschlaf oft geliebt hat. Sie ist eben nicht zerbrechlich genug. Da ist eine Willensstärke zu spüren, die sie hinter kleinmädchenhafter Schüchternheit zu verbergen sucht. Und manchmal liegt in ihren Bewegungen eine seltsame Unbeholfenheit, als versuche eine logische Kraft ihres Verstandes, die Anmut ihres Körpers zu verleugnen. Sie sitzt auf dem Boden, den Kopf auf die ihr eigene Weise zur Seite geneigt, so daß ihr langes Haar über ein Auge fällt. Sie sagt, was macht der Freiheitskämpfer?

Der Freiheitskämpfer ist Finchs Name für Fantoni. Finch sagt, ach nichts, wir haben noch nichts gemacht, nur Pläne.

Sie sagt, ich bin an der Statue vom 16. Oktober vorbeigefahren – sie steht immer noch.

Finch sagt, wir kommen nicht an den Sprengstoff ran. Vielleicht malen wir sie einfach nur gelb an.

Florence Nightingale sagt, vielleicht solltet ihr sie auffressen.

Das gefällt Finch. Er sagt, das ist gut, Nancy, das ist wirklich gut.

Florence Nightingale sagt, das ist doch eure Rolle, oder? Die Gefräßigen? Ihr solltet euch dementsprechend verhalten, so, wie sie es von euch erwarten. Ihr solltet alles aufessen. Eßt das Komitee von Fünfundsiebzig auf. Sie schaukelt auf dem Boden vor und zurück, indem sie ihre Knie festhält und auf ihrem Hintern balanciert.

Finch versucht, ihr nicht unter den Rock zu schauen. Er sagt, ein Festessen.

Sie macht hohle Hände, um ein Megaphon nachzuahmen und sagt, die Dicken gegen die Revolution haben General Kooper aufgefressen.

Er sagt, und General Alvarez.

Sie sagt, gestern nacht wurde das zentrale Einkaufszentrum verschlungen, in der Straße des 16. Oktober stieß man auf riesige Fettflecken.

Er sagt, mit dir fühl ich mich wie in alten Tagen, als guter Dicker, nicht als böser Dicker.

Sie sagt, ich muß gehen. Gestern ist es spät geworden. Ich habe dir ein paar Zigarren mitgebracht, ein paar extra für dich.

Sie ist aufgesprungen, hat ihn geküßt und ist hinausgegangen, bevor er sich noch bedanken kann. Er bleibt auf dem Bett sitzen, einem unbestimmten Gefühl von Enttäuschung hingegeben, und starrt auf den Ziegenfellvorleger.

Zögernd lächelt er vor sich hin, als er sich vorstellt, die Statue des 16. Oktober zu fressen.

7

Florence Nightingale wird bald hier sein, um die Mieten zu kassieren. Mit Ausnahme von Fantoni, der unter der Dusche ist, und Glino, der sich in seinem kleinen Verschlag sein vegetarisches Essen kocht, sind alle in der Küche.

Finch sitzt auf einem Kerosinfaß neben dem Hinterausgang und hofft, eine Brise abzukriegen, wenn überhaupt eine kommt.

Milligan, in sehr engen blauen Shorts, gelbem T-Shirt und blaugetönter Brille, hockt neben ihm, lächelt vor sich hin und reibt sich die Hände. Er hat gerade eine sehr lange und verwickelte Geschichte erzählt, von einer Prostituierten, die er mit seinem Taxi abgeholt hat und die ihm den doppelten Preis zahlte, damit er sie auf dem Rücksitz ihrem Gewerbe nachgehen ließ. Sie wollte, daß er den Rückspiegel umdreht. Keiner schert sich darum, ob die Geschichte wahr ist oder nicht.

Milligan sagt, tja.

Milligan trägt seine Kleidung wie ein Korsett, immer zu eng. Er sagt, es sei gut für sein Blut, die Enge. Aber sein Fleisch springt in seltsamen Wülsten aus seinen Schenkeln, seinem Bauch und seinen Armen hervor. Er sieht geschnürt aus, ein grinsender, bratfertiger Truthahn.

Milligan weiß immer eine Geschichte. Sein Leben ist eine unaufhörliche Scharade, ein Tummelplatz von Prostituierten und Kriminellen, »Charakteren«, schönen Frauen, exzentrischen alten Damen, Homosexuellen und Mißgeburten mit zwei Köpfen. Er kennt auch viele Witze. Finch und May pflegen auf den Samtkissen in Milligans Zimmer zu sitzen und sich die Geschichten anzuhören, aber May tut das nicht gut, er wird davon depressiv. Die Abende enden unweigerlich damit, daß May im Zustand der Raserei sagt, Jesus, ich brauch' was zum Vögeln, ich brauch' so dringend was zum Vögeln, daß es weh tut. Aber Milligan lacht einfach weiter, bemerkt nie, wie schlimm es für May ist.

May, Finch, Milligan und der-Mann-der-seinen-Namen-nicht-verrät lungern in der Küche herum und trinken Glinos selbstgebrautes Bier. Finch hat vorgeschlagen, daß sie vorher die schmutzigen Milchflaschen spülen. Florence Nightingale kommt, und alle sind sich einig, daß es ein guter Gedanke ist. Trotzdem sind sie alle sitzen geblieben und trinken Glinos selbstgebrautes Bier. Keinem schmeckt das Bier, aber von allen Sachen, die schwer zu stehlen sind, ist Alkohol am schwersten zu kriegen. Sogar Fantoni kann keinen besorgen. Einmal hat er es geschafft, ein Neun-Gallonen-Faß Bier zu stehlen, aber dann stand es ein Jahr im Hinterhof, bis Glino eine Gaspatrone und ein Zapfgerät kriegen konnte. Anderthalb Tage waren sie davon betrunken und wurden beinahe allesamt verhaftet, als sie loszogen, um die Erinnerungstafel vor den Büros des Fünfundvierzigsten Distrikts vollzupinkeln.

Keiner redet viel. Sie süffeln Glinos Bier aus Marmeladegläsern und schauen sich im Zimmer um, als überlegten sie, wie man saubermachen könnte, man müßte die Milchflaschen wegschaffen und irgendwas mit dem Mülleimer machen – einem Pappkarton, der schon vor einer Woche voll war und aus dem Eierschalen, Büchsen und Brotkrusten auf den Boden quellen. Dann und wann liest May unter lautem Lachen etwas aus einer alten Zeitung vor. Wenn May lacht, lächelt Finch. Er freut sich, May lachen zu sehen, denn wenn er nicht lacht, ist er sehr traurig und imstande, Dinge zu zerbrechen und sich etwas anzutun. Mays Stirn trägt noch die Narben von damals, als er sie drei Stunden lang gegen die Haustür schlug. Auf dem Anstrich ist immer noch das Blut zu sehen.

May trägt stets einen Mantel, selbst heute abend bei dieser Hitze. Seine Gestalt ist amorph. Er hat ein Doppelkinn und ein welkes Gesicht, das von seiner Nase herabhängt. Er wird kahl und macht sich Sorgen wegen seines Haarausfalls. Tagsüber schläft er meist, um seinen Depressionen zu entgehen, und die Nächte verbringt er damit, im Haus herumzulaufen, zahllose Gläser Wasser zu trinken, seine Schallplatte zu spielen und leise vor sich hinzustöhnen, während er versucht, Schlaf zu finden.

May ist der einzige, der vor der Revolution verheiratet war. Er ist in diese Stadt gekommen, nachdem er aus seinem Job als Kühlschrankvertreter

213

geflogen war, und seine Frau sollte später nach-kommen. Jetzt kann er sie nicht finden. Sie hat ihr gemeinsames Haus verkauft, und er schreibt ihr ständig Briefe, über die Adresse aller möglichen Leute, von denen er annimmt, sie wüßten viel-leicht, wo sie sich aufhält.

May ist außerdem in Florence Nightingale ver-liebt, und in dieser Hinsicht geht es ihm nicht an-ders als den anderen fünf, einschließlich Fantoni, der behauptet, er finde sie mager und unterer-nährt.

Florence Nightingale ist ihre Freundin, ihre Ver-traute, ihre Mietenkassiererin, ihr Maskottchen. Sie arbeitet für die Revolution, ist aber dagegen. Sie wird bald hier sein. Alle warten auf sie. Sie reden darüber, was sie wohl anhat.

Milligan, der unverwandt auf seine große Ome-ga-Uhr starrt, sagt, piep, piep, piep, beim dritten Ton . . .

Die Glocke an der Vordertür läutet. Es ist Flo-rence Nightingale.

Der - Mann - der - seinen - Namen - nicht - ver-rät springt auf. Er sagt, ich geh' schon, ich geh' schon. Er schaut sehr ernst, aber sein kaputtes, zer-schlagenes Gesicht macht einen ganz freundlichen Eindruck. Er sagt, ich geh' schon. Und klingt außer Atem. Er stampft mit raschen, schweren Schritten den Korridor entlang, mit vor Anspannung ge-krümmtem Rücken, wie ein Dschungeltier, ein Rhi-nozeros, das sich durchs Unterholz wühlt. Es geht das Gerücht, er habe etwas mit Florence Nightingale, obwohl das unwahrscheinlich scheint.

Sie drängen sich in der kleinen Küche zusammen, ihre großen weichen Leiber um die Tür zusammengepfercht. Als Florence Nightingale sich der Tür nähert, gibt es ein Geschiebe und Gestoße, und Milligan tanzt außen um diese Masse herum, kommt nicht durch, schreit »macht Platz da, macht Platz für die Dame mit den großen blauen Augen« mit seiner hohen nasalen Stimme, und alle drängen gleichzeitig in alle Richtungen. Schließlich kommt Fantoni vom Duschen und sagt: »Um Christi willen, macht einem Mann mal ein bißchen *Platz*.«

Alle sind ganz still. Sie mögen es nicht, wenn er vor Florence Nightingale flucht. Nur Fantoni tut das, niemand sonst. Jetzt nickt er ihr zu und bedeutet ihr, sich auf einen der beiden Stühle zu setzen. Fantoni nimmt den anderen. Für die anderen gibt es Packkisten, Kerosinkannen und ein leeres Bierfaß, von dem man angeblich Hämorrhoiden bekommt.

Fantoni trägt einen neuen Safarianzug, aber keiner macht eine Bemerkung darüber. Er hat Abzeichen auf Ärmel und Schulterstücke genäht. Keiner hat diese Abzeichen jemals zuvor gesehen. Keiner macht eine Bemerkung darüber. Sie tun so, als trage Fantoni wie gewöhnlich seinen weißen Baumwollanzug.

Florence Nightingale sitzt einfach da, die Hände im Schoß gefaltet. Nacheinander begrüßt sie alle mit Namen. Zu dem-Mann-der-seinen-Namen-nicht-verrät sagt sie bloß »Hallo«. Aber es ist unschwer zu erkennen, daß etwas zwischen ihnen ist. Der-Mann-der-seinen-Namen-nicht-verrät scharrt mit den Füßen und lächelt plötzlich ganz breit. Er sagt: »Hallo«.

Dann sammelt Fantoni die Miete ein, die sie von ihrer Rente bezahlen. Die Miete ist nicht hoch, aber die Renten sind auch nicht hoch. Nur Milligan hat ein Einkommen, das ihm eine gewisse Unabhängigkeit verschafft.

Finch hat nicht genug für die Miete. Er wollte den fehlenden Betrag eigentlich von Milligan leihen, hat es aber vergessen. Jetzt ist er zu verlegen, um vor Fantoni darum zu bitten.

Er sagt, ich bin ein bißchen knapp.

Florence Nightingale sagt, vergiß es, versuch es bis nächste Woche zusammenzukriegen. Sie zählt das Geld und gibt jedem eine Quittung. Finch versucht, Milligans Aufmerksamkeit auf sich zu ziehen.

Später, als alle die Zigarren rauchen, die sie mitgebracht hat, und Glinos Selbstgebrautes trinken, sagt sie, ich hasse diesen Job, es ist schrecklich, euch dieses Geld wegzunehmen.

Glino sitzt auf dem Bierfaß. Er sagt, was für ein Job würde dir denn gefallen? Aber er sieht Florence Nightingale nicht an. Glino sieht nie jemanden an.

Florence Nightingale sagt, ich würde kommen

216

und für euch sorgen. Wir könnten alle zusammen-
wohnen, und ich würde euch Crêpe Suzettes bak-
ken.

Und Fantoni sagt, aber wer würde uns dann Zigarren bringen? Und alle lachen.

8

Alle sind ein wenig betrunken.

Florence Nightingale sagt, Glino, spiel uns etwas
vor.

Glino sagt nichts, scheint sich aber noch mehr
zusammenzukrümmen, so daß seine breiten Schultern mit seinem Riesenwanst einswerden. Sein
dünnes weißes Haar fällt ihm übers Gesicht.

Alle sagen, los Glino, spiel was. Bis Glino schließlich seine Mundharmonika aus seiner Gesäßtasche
holt und, ohne einmal aufzublicken, zu spielen anfängt. Er spielt etwas ganz Langsames. Es erinnert
Finch an einen Albatros, einen Albatros, der einen
weiten, leeren Ozean überfliegt. Der Albatros
fliegt nirgendwo hin. Glinos Kopf ist so stark ge-
beugt, daß niemand die Mundharmonika sehen
kann, sie ist irgendwo zwischen seiner Nase und
seiner Brust eingeklemmt. Nur seine rosafarbenen,
durchscheinenden Hände gleiten langsam hin und
her.

Dann, als besinne er sich eines anderen, wird

der Albatros zum Zigeuner, zum fliegenden Händler, zum trunkenen Troubadour. Glinos Kopf schwankt, sein Fuß tappt, seine Hände tanzen.

Milligan springt auf. Er tanzt einen Seemannstanz, Finch glaubt, daß es ein Hornpipe ist, aber vielleicht hat er ihn selbst ersonnen, wie die rosa Sterne, die auf die Tür seines Taxis aufgemalt sind. Milligan hat ein fröhliches, schelmisches Gesicht mit Augenbrauen, die über seiner blaugetönten Brille auftauchen und wieder verschwinden. Wenn er weniger wiegen würde, wäre sein Gesicht vielleicht sogar hübsch. Milligan macht ein halb ernstes, halb belustigtes Gesicht, auf den Tanz konzentriert, und Florence Nightingale steht langsam auf. Sie tanzen beide, Florence Nightingale wirbelt und dreht sich mit fliegenden Haaren und halbgeschlossenen Augen. Die Musik wird schneller und schneller, und die fünf dicken Männer treten zurück, bis sie an der Wand stehen, wie durch Zentrifugalkraft dorthin geschleudert. Finch, der den Tisch zur Seite zieht, hat das Gefühl, das Gleichgewicht zu verlieren. Milligans Gesicht ist leuchtend rot und schweißüberströmt. Das Fleisch seiner bloßen weißen Schenkel wabbelt und bebt, und unter seinem T-Shirt hüpfen seine Brüste auf und ab. Plötzlich trudelt er auf eine Seite, wird an den Rand des Zimmers getragen und fällt zu einem Haufen zusammen.

Alle klatschen. Florence Nightingale tanzt weiter. Das Klatschen paßt sich dem Rhythmus der

Musik an, und alle klatschen im Takt. May tanzt mit Florence Nightingale. Seine Bewegungen sind abgehackt, er steht da mit gespreizten Beinen, sein riesiger Mantel flattert, er klatscht sich auf die Schenkel, klatscht über seinem Kopf in die Hände, stampft mit den Füßen, wirbelt herum, springt, brüllt, fällt fast hin, nimmt Florence Nightingale um die Hüfte und wirbelt sie herum und herum, sie stolpern beinahe, aber keiner hört auf. Mays Gesicht ist verwandelt, es lebt. Die Zähne in seinem halbgeöffneten Mund leuchten weiß. Sein Mantel gleicht einem Zauberumhang, ein wirbelnd wunderschönes Ding.

Florence Nightingale wischt unaufhörlich die langen Haare von den Augen.

May fällt hin. Finch nimmt seinen Platz ein, wird aber kurz darauf angestoßen und übergibt an den-Mann-der-seinen-Namen-nicht-verrät.

Der - Mann - der - seinen - Namen - nicht - verrät nimmt Florence Nightingale in die Arme und schenkt der Musik keine Beachtung. Er beginnt einen ganz langsamen, gleitenden Walzer. Milligan flüstert Glino etwas ins Ohr. Glino schaut einen Moment lang scheu auf, hält inne, beginnt dann, einen Strauß-Walzer zu spielen.

Finch sagt, die »Blaue Donau«. An niemanden gewandt.

Der-Mann-der-seinen-Namen-nicht-verrät tanzt wunderschön und sehr stolz. Er hält Florence Nightingale leicht von sich ab, sein Kopf ist hocherhoben und zur Seite geneigt. Florence Nightingale flüstert ihm etwas ins Ohr. Er schaut auf sie herab und zieht die Augenbrauen hoch. Sie walzen immer weiter durch die Küche, bis Finch vor Verlegenheit fast schwindlig ist. Er denkt, es ist wie eine Hochzeit.

Glino hat einmal gesagt (von Gefängnissen): »Wenn du jemals in einem dieser Dinger drin gewesen bist, dann möchtest du nie mehr in eins reinkommen.«

Heute abend sieht Finch ihn vor sich, wie er in einer Zelle auf seiner Pritsche liegt, die »Blaue Donau« und den Albatros spielt und an die Decke starrt. Er fragt sich, ob das so verschieden ist von dem, was jetzt ist: sie verbringen ihre Tage damit, auf dem Bett zu liegen, haben Angst auszugehen, weil sie es nicht mögen, wie die Leute sie ansehen.

Der Tanz ist zu Ende, und der-Mann-der-seinen-Namen-nicht-verrät geleitet Florence Nightingale zu ihrem Stuhl. Er ist so groß, daß er sie behandelt, als sei sie in knisterndes Zellophan eingewickelt, ein Gentleman, der Blumen hält.

Milligan verdient sein eigenes Geld. Er fragt Fantoni, warum tanzt du nicht?

Fantoni lehnt an der Wand, noch eine Zigarre rauchend. Er sieht Milligan lange Zeit an, bis Finch überzeugt ist, daß Fantoni Milligan schlagen wird.

Schließlich sagt Fantoni, ich kann nicht tanzen.

Sie alle gehen mit Florence Nightingale den Korridor entlang. Als sie sich der Eingangstür nähert, läßt sie einen Umschlag fallen. Der Umschlag flattert sanft auf den Boden, und alle gehen um ihn herum. Sie stehen auf der Veranda und winken ihr zum Abschied zu, als sie in ihrem schwarzen Dienstwagen davonfährt.

Als sie ins Haus zurückkehren, bückt sich Milligan und hebt den Umschlag auf. Er reicht ihn Finch und sagt, für dich. In dem offiziell aussehenden Umschlag befindet sich ein Formularbrief mit dem Briefkopf des Wohnungsamts. Da steht: Sehr geehrter Mr. Finch, das Amt bedauert, daß Sie sich mit Ihrer Miete mittlerweile im Rückstand befinden. Sollte diese Angelegenheit nicht innerhalb der vorgeschriebenen sieben Tage geklärt werden, so müßten wir Sie bitten, sich nach einer anderen Wohnmöglichkeit umzusehen. Er ist unterschrieben mit Nancy Bowlby.

Milligan sagt, was ist los?

Finch sagt, es ist von Florence Nightingale, wegen der Miete.

Milligan sagt, ach, sie muß halt ihre Arbeit machen, sie kann nichts dafür.

May hat das Hinterzimmer oben. Finch liegt in den »neuen Anbauten« im Bett. Er hört, wie Milligan May ruft.

Milligan sagt, May?

May sagt, was ist?

Milligan sagt, komm her.

Ihre Stimmen, Milligans entfernt, Mays nahe, scheinen nur in Finchs Kopf zu existieren.

May sagt, was willst du?

Milligan ruft, ich will dir was sagen.

May sagt, stimmt gar nicht, du willst bloß, daß ich dich in die Heia bringe.

Milligan sagt, nein. Nein, stimmt gar nicht.

Von noch weiter weg ist Fantonis lautes, rauhes Lachen zu hören.

Der-Mann-der-seinen-Namen-nicht-verrät klopft mit einem Besen an die Decke seines Zimmers. Finch hört es klopfen, bumm, bumm, bumm. Die Sibelius-Platte springt. May brüllt, laß das.

Milligan sagt; ich will dir was sagen.

May brüllt, nein, stimmt nicht.

Finch liegt nackt auf den blauen Laken und versucht, das Albatros-Lied zu summen, aber er hat es vergessen.

Milligan sagt, komm *her*. May? May, ich will dir was sagen.

May sagt, bring dich selber in die Heia, du fauler Sack.

Milligan kichert. Das Kichern schwebt in die Nacht hinaus. Fantoni kann sich vor Lachen nicht halten.

Milligan sagt, May?

Mays Schritte hallen über die Dielenbretter seines Zimmers und überqueren den Korridor zu Milligans Zimmer. Finch hört Milligan lachen und hört Mays Schritte in Mays Zimmer zurückkehren.

Fantoni brüllt, was hat er gewollt?

May sagt, er wollte in die Heia gebracht werden.

Fantoni lacht. May legt die Sibelius-Platte auf. Der-Mann-der-seinen-Namen-nicht-verrät klopft mit einem Besen an die Decke. Die Platte springt.

11

Es ist 4 Uhr morgens und noch nicht hell. Niemand kann sie sehen. Als May und Finch das Haus verlassen, entfernt sich ein schwarzes Dienstauto vom Bordstein, aber obwohl sie es beide gesehen haben, sagt keiner etwas.

Um 4 Uhr morgens ist es kühl, und es ist angenehm, über das Ödland um das Haus herum zu gehen. In den großen Wohnblocks brennen ein oder zwei Lichter, aber alles scheint zu schlafen.

Sie gehen langsam, bahnen sich ihren Weg durch die Disteln.

Schließlich sagt May, es war verrückt von dir.

Finch sagt, ich weiß.

Sie gehen lange. Finch fragt sich, warum die Disteln in dieser Gegend wachsen, warum sie traurig sind, warum sie nur dort wachsen, wo der Boden aufgestört worden ist, und wo sie ursprünglich wuchsen.

Er sagt, machen sie dich traurig?

May sagt, was?

Er sagt, die Disteln.

May antwortet nicht. Schließlich sagt er, es war verrückt von dir, das zu sagen. Er wird es wirklich tun. Er wird es *wirklich* tun.

Finch stößt sich die Zehe an einem großen Zementblock. Er hat den Schmerz wohl verdient. Er sagt, es ist mir nicht in den Sinn gekommen – daß er an Nancy denken würde.

May sagt, er wird es wirklich tun. Er wird sie verdammt noch mal aufessen. Christus, du weißt doch, wie er ist.

Finch sagt, ich weiß, aber ich habe nichts von Nancy gesagt, bloß von der Statue.

May hüllt sich in seinen Mantel und zieht den Kopf in ihn hinein. Er sagt, er *sieht* böse *aus*, er ist *gern* dick.

Finch sagt, das ist vernünftig.

May sagt, ich erinnere mich noch, wie es war, dünn zu sein. Hab' ich dir das schon erzählt, ich war erst sechs, aber ich erinnere mich daran, als sei es gestern gewesen. Jesus, war das schön. Obwohl ich nicht glaube, daß ich es damals zu schätzen wußte.

Finch sagt, halt's Maul.

May sagt, er versucht immer noch, die verdammte Statue in die Luft zu jagen, und sie werden ihn kriegen. Wird sich wahrscheinlich selber in die Luft jagen. Dann sind wir diejenigen, die alles klauen müssen. Und sie werden uns kriegen oder besser, wir werden vorher verhungern.

Finch sagt, hilf ihm, Dynamit zu besorgen und verpfeif ihn bei den Bullen. Solange er im Gefängnis sitzt, kann er Florence Nightingale nicht aufessen.

May sagt, und wir hätten gar nichts zu essen. Ich hätte ja nichts dagegen, wenn er sie bloß vögeln wollte. Ich hätte nichts dagegen, sie selber zu vögeln.

Finch sagt, vielleicht tut er das. Bereits.

May zieht den Mantel eng um sich und sagt, nein, es ist wieheißterdochgleich, der große Bursche, der vögelt sie. Hast du sie nicht tanzen sehen? Er ist es.

Finch sagt, ich mag ihn.

May sagt nichts. Sie haben sich einer Hauptstraße genähert und kehren wortlos um, halten sich abseits der Straßenlaternen, kehren in die Disteln zurück.

Finch sagt, es war Nancys Idee. Sie hat gesagt, warum fressen wir nicht die Statue.

May sagt, das hast du mir schon mal gesagt.

Das war bescheuert von dir. Es war auch bescheuert von ihr, aber sie hat bloß Spaß gemacht.
Du hättest wissen müssen, daß er alles ernst
nimmt. Er will wirklich alles in die Luft jagen, nicht
bloß die Scheißstatue.

Finch sagt, er ist ein Faschist.

May sagt, was ist ein Faschist?

Finch sagt, jemand wie Danko . . . wie General
Kooper . . . wie Fantoni. Er will im Hinterhof ein
Loch graben. Er nennt es den Gartengrill.

12

Noch zwei Stunden, und Finch wird genug Geld
für die Miete verdient haben. Fantoni zahlt ihm einen Stundenlohn. Noch zwei Stunden, dann ist er
aus dem Schneider und wird aufhören. Er hofft,
daß es noch Arbeit für zwei Stunden gibt. Sie graben ein Loch zwischen dem Unkraut im Hinterhof.
Es ist eine Grube, die einem Grab ähnelt, aber nur
drei Fuß tief. Er hat Milligan um das Geld gebeten,
aber Milligan hatte schon Glino und May Geld ge-
liehen.

Fantoni trägt ein Paar von Mays Hosen, damit
seine eigenen nicht schmutzig werden. Er ist bis
zur Hüfte nackt und arbeitet mit einer Hacke. Finch
schaufelt die Erde weg, die Fantoni lockert; er hat
eine Schaufel mit langem Stiel. Sowohl die Schaufel

als auch die Hacke sind neu, sie sind auf wunderbare Weise aufgetaucht, wie alles, was Fantoni haben will.

Sie haben einen Platz vor Finchs Fenster ausgesucht, der völlig abgeschieden, vor den Nachbarhäusern abgeschirmt ist. Es ist ein kleiner, verborgener Platz, den Fantoni gewöhnlich zum Sonnenbaden benutzt.

Fantonis borstiger Kopf ist oben in Schweiß gebadet, und in den Streifen auf seinem Hinterkopf haben sich kleine Stauseen von Schweiß angesammelt; zwischen den Schwüngen gibt er seltsame Grunzer von sich und führt ein Gespräch mit Finch, der zu erschöpft ist, um antworten zu können.

Er sagt, ich will die ganze Sache . . . schriftlich, O.K.? . . . schreib es auf . . . alle Gründe . . . so, wie du es mir erklärt hast.

Finch bekommt immer weniger Erde auf die Schaufel. Immer zielt er auf die Erde und stößt dann darüber hinweg, hat bloß ein paar lose Krümel auf dem Schaufelblatt. Er sagt, ja.

Fantoni nimmt ihm die Schaufel weg. Er sagt, du schreibst es jetzt gleich, schreib die ganzen Gründe auf, wie du's mir gesagt hast, und ich rechne das als Arbeitszeit. Na, wie ist das?

Und er schlägt Finch auf die Schulter.

Finch ist nicht sicher, wie es ist. Er kann nichts davon glauben. Er kann nicht glauben, daß er, Alexander Finch, einen Gartengrill gräbt, um im Hinterhof eines Hauses in einer Straße, die einmal

Königliche Parade hieß, ein schönes Mädchen namens Florence Nightingale zu grillen. Er hätte es
gern geglaubt und kann es doch nicht.

Er sagt, danke Fantoni.

Fantoni sagt, was ich will, Finch, ist so etwas wie
ein Memorandum ... so heißt es doch, oder ...
man nennt es Memorandum.

13

Memorandum von A. Finch

Das Folgende ist ein Vorschlag für einen
Aktionsplan der »Dicken gegen die Revolution«.

Der Vorschlag lautet, daß die dicken
Männer dieses Anwesens einen Kurs militan-
ter Liebe einschlagen, indem sie ein älteres
Mitglied der Revolution, einen Funktionär der
Revolution oder ein Denkmal der Revolution
(z.B. die Statue des 16. Oktober) physisch
konsumieren.

Eine solche Tat entspräche in den Augen
der Revolution ihrem Charakter. Man hat
den dicken Männern dieser Gesellschaft (unter anderem) implizit vorgeworfen, sie liebten das Essen zu sehr und sie liebten sich
selbst zu sehr, was sich mit der Revolution

nicht vereinbaren lasse. Ein Mitglied oder ein Denkmal der Revolution aufzuessen, könnte als Möglichkeit verstanden werden, diese Liebe der Revolution zuzuwenden. Essen ist ein totaler und buchstäblicher Akt des Inein-ander-Aufgehens. Die dicken Männer wür-den in ihre Körper all das inkorporieren, was an der Revolution gut und edel sein könnte, und das ausscheiden, was schlecht ist. Die Körper dicker Männer werden, mit anderen Worten, die Revolution reinigen.

Alexander Finch schaudert heftig, obwohl es sehr heiß ist. Er schreibt den Entwurf ins Reine. Als er damit fertig ist, geht er nach oben zur Toilette und versucht erfolglos, sich zu übergeben.

Fantoni überwacht im Hinterhof die Lieferung einer Ladung Holz, Koks und Reisig. Er ist gut ge-kleidet, trägt einen weißen Anzug aus leichter Baumwolle. Er raucht eine von Florence Nightinga-les Zigarren.

Als Finch die Treppe hinuntergeht, hört er einen lauten Schrei, dann, zwei Stufen später, ein lautes Klirren. Es ist aus Mays Zimmer gekommen. Und Finch weiß, ohne nachzusehen, daß May sein Goldfischglas an die Wand geworfen hat. May hat seinen Goldfisch geliebt.

14

Beim Essen sieht Finch zu, wie Fantoni das Omelette ißt, das Glino ihm gebacken hat. Fantoni schneidet winzige Stücke ab. Er begräbt die winzigen Stücke in der kleinen fleischigen Öffnung unter seinem großen Schnurrbart.

15

May weckt ihn um 2 Uhr morgens. Er sagt, mir ist gerade eingefallen, wo sie ist. Sie wird bei ihrem Bruder sein. Da wird sie sein. Ich habe ihr einen Brief geschrieben.
Finch sagt, Florence Nightingale.
May sagt, meine Frau.

16

Glino weiß Bescheid. Milligan weiß Bescheid. May und Finch wissen Bescheid. Nur der-Mann-der-seinen-Namen-nicht-verrät hat keine Ahnung von dem Plan. Er hat Fantoni nach dem Loch im Hinterhof gefragt. Fantoni hat gesagt, es ist ein Wigwam für 'n Gänsezügel.

17

Die Abordnung verläßt auf Zehenspitzen langsam Finchs Zimmer. Im Küchenanbau stolpert jemand über Fantonis Fahrrad. Es scheppert. Milligan
kichert. Finch boxt ihn scharf in die Rippen. In der
Dunkelheit erstarrt Milligans Gesicht zwischen Lachen und Überraschung. Er schiebt seine Brille auf
sein Nasenbein zurück und starrt Finch aus nächster Nähe an.

Die anderen sind weitergegangen und durch-
queren jetzt still die dunkle Küche. Finch klopft Milligan auf die Schulter. Er flüstert, es tut mir leid.
Aber Milligan geht weiter zu den anderen, die sich
nervös vor dem Zimmer des-Mannes-der-seinen-
Namen-nicht-verrät zusammenscharen.

Glino schaut zu Finch, der sich zwischen ihnen
durchzwängt und langsam die Tür öffnet. Finch erfaßt die Situation. Er spürt einen dumpfen, weichen
Schock. Er hält an, aber die anderen schieben ihn
ins Zimmer. Erst als sie alle im Zimmer versammelt
sind, ganz nahe bei der Tür, kapiert jeder, daß der-
Mann-der-seinen-Namen-nicht-verrät mit Florence
Nightingale im Bett ist.

Florence Nightingale liegt auf der Seite, den
Blick zur Tür gerichtet, und versucht zu lächeln.
Der-Mann-der-seinen-Namen-nicht-verrät klettert
aus dem Bett. Finch ist schockiert, als er sieht, daß
er seine Socken anbehalten hat. Aus irgendeinem
Grund macht das alles noch schlimmer.

Der-Mann-der-seinen-Namen-nicht-verrät wirkt sehr langsam und sehr alt. Er durchwühlt den Kleiderhaufen neben dem Bett, sein Atmen ist das einzige Geräusch im Zimmer. Es ist ein heiseres, schweres Atmen, das erst ruhiger wird, nachdem er seine Unterhosen gefunden hat. Er strauchelt, als er in sie steigt, und Finch stellt fest, daß er sie verkehrt herum anhat. Schließlich sagt der-Mann-der-seinen-Namen-nicht-verrät, im allgemeinen ist es Sitte anzuklopfen.

Er beginnt jetzt, sich anzuziehen. Keiner weiß, was tun. Sie sehen zu, wie er Florence Nightingale ihre Kleidungsstücke reicht, so daß sie sich unter dem Laken anziehen kann. Dann setzt er sich vor sie und verdeckt so teilweise ihr Gezappel. Florence Nightingale versucht nicht mehr, zu lächeln. Sie sieht traurig, beinahe eingeschüchtert aus.

Schließlich sagt Finch, das hier ist wichtiger, fürchte ich, wichtiger als anzuklopfen.

Er hat eine neue Erfahrung akzeptiert, und das Akzeptieren gibt ihm ein Gefühl der Stärke, obwohl er eigentlich nicht genau weiß, worin diese Erfahrung besteht. Er sagt, Fantoni hat vor, Florence Nightingale aufzuessen.

Florence Nightingale, die sich unter dem Laken mit ihrem Büstenhalter abmüht, sagt, das wissen wir, wir haben gerade darüber geredet.

Milligan kichert.

Der-Mann-der-seinen-Namen-nicht-verrät hat im Schrank in der Ecke seinen Morgenrock gefunden. Er bleibt dort stehen, wie ein Boxer in der Pause zwischen den Runden.

Florence Nightingale schaut auf ihr gelbes Kleid auf dem Boden. Glino und May stoßen aneinander, als sie sich gleichzeitig danach bücken. Sie treten beide zurück und treten beide wieder vor. Schließlich stürzt Milligan nach vorn, hebt das Kleid auf und reicht es Florence Nightingale, die erneut unter dem Laken verschwindet. Finch findet es fast unmöglich, sie nicht anzustarren. Er wünschte, sie würde hervorkommen und sich anziehen und die ganze Sache erledigen und hinter sich bringen.

Genau genommen hat Florence Nightingale niemanden getäuscht.

Glino sagt, wir müssen ihn aufhalten.

Florence Nightingales Kopf taucht aus den Laken auf. Sie lächelt ihnen allen zu. Sie sagt; ihr seid alle wunderbar . . . ich liebe euch alle.

Es ist das erste Mal, daß Finch Florence Nightingale etwas so Unehrliches und so Falsches sagen hört. Es wäre ihm lieber, sie hätte das nicht gesagt.

Finch sagt, man muß ihn aufhalten.

Hinter sich hört er ein leises Scharren. Er dreht sich um und sieht, wie May sich mit gerötetem Gesicht abmüht, die Tür zuzuhalten. Er gestikuliert wild mit seinen Augen, um anzudeuten, daß jemand hereinzukommen versucht. Finch lehnt sich gegen die Tür, die mit dem Zentnergewicht eines Traums zurückdrückt. Florence Nightingale schlüpft seitlich aus dem Bett, und Glino drückt gegen

Finch, der zwischen zwei gegeneinanderwirkenden Kräften eingeklemmt wird. Schließlich sagt der-Mann-der-seinen-Namen-nicht-verrät, laßt ihn herein.

Alle treten zurück, aber die Tür bleibt geschlossen. Im Halbkreis stehen sie drumherum und warten. Einen Moment lang scheint es, als sei alles ein Irrtum. Aber schließlich dreht sich der Türknopf und die Tür wird sanft aufgestoßen. Auf der Schwelle steht Fantoni in einem weißseidenen Pyjama.

Er sagt, was ist denn hier los, eine Orgie?

Keiner weiß, was tun oder sagen.

18

Glino übergibt sich noch immer in den Abfluß im Hinterhof. Er übergibt sich seit Einbruch der Dämmerung, und jetzt ist es dunkel. Finch hat gesagt, man solle es ihm ersparen, weil er Vegetarier ist, aber der-Mann-der-seinen-Namen-nicht-verrät hat darauf bestanden. Und so zwangen sie Glino, zumindest ein bißchen davon zu essen.

Der Gestank hängt schwer über dem Haus.

May spielt seine Schallplatte.

Finch hat viele Male gedacht, daß er sich vielleicht auch übergeben muß.

Das blaue Laken, mit dem Fantoni erwürgt wur-

de, verläuft als lange gewundene Linie von der Küche durch den Küchenanbau in den Hinterhof hinaus, wo Glino daliegt und würgt und wo die Grill-
grube, obgleich zugeschüttet, noch immer vor sich
hin raucht und der Rauch aus der trockenen Erde
steigt.

Der-Mann-der-seinen-Namen-nicht-verrät hat
seinen Morgenrock ruiniert. Er war blutdurchtränkt.
Jetzt sitzt er in der Küche und trägt Fantonis weißen Safarianzug. Er sitzt da und liest Fantonis Post.
Er hat vorgeschlagen, daß es das beste wäre, ihn
als Fantoni zu bezeichnen, falls die Polizei käme,
und daß es überhaupt das beste wäre, ihn als Fantoni zu bezeichnen. Eine Flasche Scotch steht neben ihm auf dem Tisch. Sie ist für alle da, aber bis
jetzt hat nur May davon getrunken.

Finch kann nicht schlafen. Er hat versucht zu
schlafen, sieht aber nur Fantonis Gesicht vor sich.
Er steigt über Glino und betritt die Küche.

Er sagt, kann ich bitte einen Drink haben, Fantoni?

Es ist eine Erleichterung, ihn bei einem Namen
rufen zu können.

19

Der-Mann-der-seinen-Namen-nicht-verrät hat
sich in Fantonis Zimmer niedergelassen. Mittlerwei-

le haben sich alle an ihn gewöhnt. Man nennt ihn Fantoni.

Außerdem ist ein neuer Mann angekommen, er ist mit einem Empfehlungsschreiben von Florence Nightingale geschickt worden. Bis jetzt weiß noch niemand seinen Namen.

20

»Revolution in einer geschlossenen Gesell-schaft – Eine Untersuchung von Führungs-strukturen bei Dicken« Von Nancy Bowlby

Die Führer wurden nach ihrer Fähigkeit ausgewählt, materiell für das Wohlergehen der Gruppe insgesamt zu sorgen. Es liegt auf der Hand, daß der jeweilige Thronerbe die-selben Qualitäten aufweisen mußte, wenn-gleich diese Qualitäten während der Anwart-schaft nicht immer erkennbar waren. Aus diesem Grunde hielt ich es für erforderlich, dem Thronerben gewisse Gunsterweise zu-kommen zu lassen und so sein Prestige in den Augen der Gruppe zu heben. Diese Gunsterweise erfolgten zum einen in Form kleiner Geschenke, in den seltenen Fällen, wo dies erforderlich war, jedoch auch in Form physischer Zuneigung.

Gelegentlich wurde, *deus ex machina,* durch Suggestion eine Situation der »Krise« ausgelöst, die sich jedoch gewöhnlich von selbst ergab und lediglich verstärkt werden mußte. Von diesem Punkt an nahm, wie ich später in diesem Papier darlegen werde, die »Revolution« jeweils genau den gleichen Verlauf, »Fantoni« wurde stets erfolgreich aus dem Weg geräumt, und der neue »Fantoni« übernahm die Kontrolle über die Gruppe.

Die folgenden Resultate ergaben sich aus einer Untersuchung mit dreiundzwanzig aufeinanderfolgenden »Fantonis«. Mit Ausnahme des jeweiligen »Fantoni« und des »Fantoni-Erben« blieb die Zusammensetzung der Gruppe unverändert. Zwar bewegen sich Untersuchungen bislang eingestandenermaßen noch in einem Vorstadium, doch rechtfertigen die Ergebnisse mit Sicherheit die Fortsetzung der Experimente mit größeren Gruppen.

Sylvia Frank
Warum Poona? oder Der
lange Brief an meine Mutter
272 Seiten. Broschur. 18 DM.

»Es kommt oft vor, daß Menschen sich bewußt oder unbewußt
Herausforderungen suchen, an denen sie scheitern müssen. Oder
mit zähem Willen sich selbst besiegen. Mir fallen dazu Versehrte ein.
Einbeinige Skiläufer oder Turmspringer. Menschen im Rollstuhl, die
Leistungssport treiben, um der ganzen Welt zu beweisen, daß sie
nicht minderwertig sind. Und ihre Erfolge sind in der Tat erstaunlich. – Und dann gibt es noch die Psycho-Geschädigten, die gegen
irgendeine Macke, eine Verzerrung, eine Sucht anrennen, und je
nach ihrer seelischen Gesamtkonstitution siegen sie in dem Kampf
gegen sich selbst – oder verlieren eben. Je nachdem.
Die Gefahr dick zu werden, die panische Angst davor und der Kampf
dagegen, ist zum Zentralthema meines Lebens geworden. Wie ein
unsichtbarer Begleiter marschiert dieser Kampf immer mit mir einher.
Beim Essen muß ich stets und ständig aufpassen. Ein kleiner Schritt
vom Wege, ein Keks, ein Stück Brot, bereits ein Schluck Brause, und
ich spüre, wie sich das anlegt. Das ist wörtlich gemeint. Ich spüre
tatsächlich, wie bereits wenige Kohlehydrate in meinem Körper zu
einer Fettschicht werden. An den Innenseiten der Oberschenkel
fängt es an. Das ist wie ein feines Kribbeln, ein hauchzarter Druck.
Wenn ich einen Freßanfall kriege, gehe ich auseinander wie ein
Hefekuchen. Da kann ich zuschauen.«

Rainer Wunderlich Verlag · Tübingen

Paul Narwal
Pan
Roman
ca. 236 Seiten.
Gebunden. 29,80 DM

Fünf Männer entlaufen den Fallen der Konvention,
ihren Künstlichkeiten, Verkrüppelungen, sie stürzen
sich in eine Serie von Spielen und Experimenten, die
alle die Aufgabe umkreisen, den Menschen als sinn-
liches Wesen in seiner unausweichlichen Bezogenheit
auf die Natur zu erleben.
Wohlgesicherte bürgerliche Existenzen, die sie als
Lüge und sinnlosen Zwang durchschauen, werfen sie
weg wie alte Lumpen, durchlöcherte Bälge, bevor sie
zur gemeinsamen Suche nach den Bedingungen eines
ungefälschten Daseins, des nichtmanipulierten Menschen aufbrechen.

Rainer Wunderlich Verlag · Tübingen